Sven Gerhardt

Die Heuhaufen-Halunken

Rache ist Süßkram

Von Sven Gerhardt ist bei cbj außerdem erschienen:

Die Heuhaufen-Halunken (Band 1)

Die Heuhaufen-Halunken:
Volle Faust auf's Hühnerauge (Band 2)

Die Heuhaufen-Halunken:
Gülleduft und Großstadtmief (Band 3)

Mister Marple und die Schnüfflerbande:
Wo steckt Dackel Bruno? (Band 1)

Mister Marple und die Schnüfflerbande:
Die Erdmännchen sind los (Band 2)

Mister Marple und die Schnüfflerbande:
Auf frischer Tat ertapst (Band 3)

Mister Marple und die Schnüfflerbande:
Ein Hamster gibt alles! (Band 4)

Der fabelhafte Herr Blomster:
Ein Schulkiosk voller Geheimnisse (Band 1)

Der fabelhafte Herr Blomster:
Eine Schulübernachtung mit Überraschungen (Band 2)

Der fabelhafte Herr Blomster:
Eine Klassenfahrt voller Abenteuer (Band 3)

Sven Gerhardt

Die Heuhaufen-Halunken

Rache ist Süßkram

Mit Illustrationen von
Vera Schmidt

cbj

– Ein großes Dankeschön an A. W., V. S. und B. A.! –

MIX
Papier | Fördert gute Waldnutzung
FSC® C010328

Penguin Random House Verlagsgruppe FSC® N001967

3. Auflage

Innenillustrationen und Cover: Vera Schmidt
Umschlagkonzeption: Sandra Filić / Illustration Pfeil: Freepik.com
AW · Herstellung: AJ
Satz: Uhl + Massopust, Aalen
Reproduktion: ReproLine Mediateam, München
Druck und Bindung: Alföldi, Debrecen
ISBN 978-3-570-17581-1
Printed in Hungary

www.cbj-verlag.de

Inhalt

Kapitel 1

Wer früh am Morgen Zeitung liest,
sich manchmal schon den Tag vermiest

»Dieses Kaff nervt«, murmelte Meggy, als sie früh am Morgen die Titelseite des Bröckelbacher Anzeigers erblickte. Verschlafen wischte sie sich die Müdigkeit aus den Augen und schaufelte sich eine große Portion Cornflakes im Eiltempo in den Bauch. Nervig war dieses Mal nicht Dümpelwalde, das kleine Dorf in dem Meggy wohnte, sondern das benachbarte Dörfchen Sumpflitz. Es lag fünf Kilometer entfernt und hatte außer einer Hauptstraße, die an einen Feldweg erinnerte und in einem vermatschten Acker endete, nichts, aber auch wirklich gar nichts zu bieten. Und ausgerechnet der Ortsvorsteher von Sumpflitz war nun im Großformat auf der Titelseite des Bröckelbacher Anzeigers zu sehen. Das wäre an sich nicht weiter schlimm gewesen, hätte unter der Abbildung nicht folgender Satz gestanden:

Roland Miesmann, Ortsvorsteher von Sumpflitz, ist überzeugt: „Den schönsten Wagen im Festzug der Bröckelbacher 700-Jahr-Feier werden natürlich wir präsentieren!"

Das in zwei Wochen sattfindende Ortsjubiläum war zurzeit *das* Thema in Dümpelwalde und den umliegenden Dörfern. Sie alle gehörten zur Großgemeinde Bröckelbach und waren dazu aufgerufen, am festlichen Umzug, dem Höhepunkt der 700-Jahr-Feier, mit schön geschmückten Wagen teilzunehmen.

Das Dorf, das den schönsten Wagen präsentierte, würde anschließend im Festzelt als Sieger gefeiert werden und konnte sich auf eine großzügige Spende der Firma *Krotzenbrink & Söhne* freuen, die seit ein paar Jahren in Bröckelbach zu Hause war und irgendwelche Ersatzteile für Autos herstellte.

In Dümpelwalde herrschte daher große Aufregung.

Natürlich wollte man den Wettbewerb gewinnen und den anderen Dörfern zeigen, was man draufhatte. Bisher hatte sich jedoch noch niemand gefunden, der die Sache in die Hand nahm. Der Ortsvorsteher Dümpelwaldes, Meggys und Schorschs Großonkel, war außer Gefecht gesetzt, weil er sich bei einem Fußballturnier der Alt-Herren-Liga einen doppelten Kreuzbandriss zugezogen hatte.

»Mensch, Meggy, schmatz doch nicht so«, beschwerte sich Schorsch, Meggys jüngerer Bruder, der mit ihr am Frühstückstisch saß.

Aber Meggy nahm ihn gar nicht wahr. Ihr Blick klebte an dem Zeitungsartikel, und während sie weiter schmatzend

auf den Cornflakes kaute und Schorsch ihr einen genervten Blick zuwarf, tat Meggy das, was sie am besten konnte: sie dachte nach. Und weil sie so gut im Nachdenken war, war sie seit vielen Jahren die Anführerin einer berüchtigten Bande, deren Ruf bis nach Berlin reichte und die schon das ein oder andere krumme Ding gedreht hatte: Meggy war die Chefin der sagenumwobenen Heuhaufen-Halunken!

Meggy

- richtiger Name: Margarethe
- Alter: 11
- Berufswunsch: Gangsterbraut in San Francisco
- Anführerin und kreativer Kopf der Bande
- Halunken-Spezialität: Pläne schmieden und Aufgaben verteilen

Schorsch (Meggys Bruder)

- richtiger Name: Georg
- Alter: 9
- Berufswunsch: Profiboxer
- ist extrem frech, aber manchmal auch extrem nett
- Halunken-Spezialität: Bekommt mit seinen Fäusten jede Tür auf

Knolle*

- richtiger Name: Ben
- Alter: 10
- Berufswunsch: Restaurant-Tester
- ist etwas faul und träge
- Halunken-Spezialität: Gaunereien, die irgendwas mit Essen zu tun haben

* Seinen Spitznamen hat Knolle als kleines Baby bekommen. Damals hatte er nämlich eine Nase, die aussah wie eine Kartoffel. Das Beweisfoto hängt noch bei ihm zu Hause im Wohnzimmer. Mittlerweile sieht seine Nase aber ganz normal aus.

Alfons

- Alter: 11
- Ist in Dümpelwalde aufgewachsen, wohnt aber seit letztem Sommer in Berlin
- Berufswunsch: darüber macht er sich noch keine Gedanken
- ist sehr schlau, aber manchmal etwas dickköpfig
- Halunken-Spezialität: Er kann einfach alles besorgen

Lotte (Cousine von Meggy und Schorsch)

- Alter: 6
- Berufswunsch: Auf keinen Fall Prinzessin!
- hat es als Nachwuchshalunke faustdick hinter den Ohren
- Halunken-Spezialität: Wenn sie ihr zuckersüßes Lächeln aufsetzt, kann ihr niemand böse sein

Marius

- Alter: 11
- Wohnt in Berlin und ist neustes Mitglied der Heuhaufen-Halunken
- Berufswunsch: irgendwas mit Computern
- ist ziemlich schüchtern, aber dafür extrem lernfähig
- Halunken-Spezialität: Internet-Recherche

»Worüber denkst du denn eigentlich nach?«, wollte Schorsch wissen. Da Meggy beim Nachdenken immer ihren Gangsterblick draufhatte, konnte er sofort sehen, dass sie irgendetwas ausheckte.

Meggy zeigte ihrem Bruder das Foto auf der Titelseite. »Das hier ist der Vater der Miesmann-Zwillinge«, sagte sie in einem abfälligen Ton. Die Heuhaufen-Halunken waren nämlich nicht besonders gut auf die Miesmann-Zwillinge zu sprechen. Letzten Herbst hatte Schorsch Siggi, den älteren der beiden Zwillinge, bei einem Boxkampf besiegt. Seitdem herrschte zwar Ruhe zwischen den Banden, aber Meggy war sich sicher, dass die beiden Miesmänner nur darauf warteten, den Heuhaufen-Halunken eins auszuwischen. Sie konnte das förmlich spüren. Immer wenn sie Siggi oder seinem jüngeren Bruder Robby in der Schule begegnete, fiel ihr der finstere Gesichtsausdruck der beiden auf. Offiziell hatten die Zwillinge und ihre Jungs zwar anerkannt, dass die Heuhaufen-Halunken in der Gegend das Sagen hatten, aber ihr war klar, dass sie die erstbeste Gelegenheit ergreifen würden, um das zu ändern.

Meggy schlürfte den letzten Rest Milch aus ihrer Schüssel, warf die Zeitung in den Papierkorb und schnappte sich ihren Schulranzen.

»Wenn Dümpelwalde bei dem Festwagen-Wettbewerb gewinnen will, dann werden wir es mit diesem Roland Miesmann aufnehmen müssen. Und ich vermute, dass Siggi und seine Jungs bestimmt etwas dagegen haben werden!«

Mit dieser bösen Vorahnung sollte sie recht behalten.

Kapitel 2

Gerät ein Dorf mal in Gefahr, sind Freunde füreinander da

In der Schule konnte Meggy an nichts anders denken als an den Zeitungsartikel. Und das, obwohl sie sich eigentlich überhaupt nicht dafür interessierte, dass Bröckelbach demnächst 700 Jahre alt wurde. Die Feierlichkeiten würden bestimmt genauso langweilig werden wie das jährliche Dorffest in Sumpflitz oder der mickrige Weihnachtsmarkt in Gähndorf. Die größte Attraktion bei solchen Festen waren meistens nur Getränkestände, an denen die Limonade nach Spüli schmeckte und die Leute so laut redeten, als hätten sie Watte in den Ohren. Außerdem lief dort immer schreckliche Musik, zu der alle schunkelten oder im schlimmsten Fall schief mitsangen. Als Meggy kleiner war, konnte sie wenigstens noch mit den Kinderkarussells fahren, die es auf den Festplätzen gab. Doch sich in irgendein blinkendes Feuerwehrauto zu quetschen oder auf ein grinsendes Pferd zu hocken, kam schon seit Jahren nicht mehr infrage.

Bei der 700-Jahr-Feier ging es allerdings um mehr. Es ging um die Ehre von Dümpelwalde. Und auch wenn Meggy sich in ihrem Dorf manchmal furchtbar langweilte und in das aufregende San Francisco wünschte, war es schließlich ihre Heimat. Und es war das Revier der Heuhaufen-Halunken.

Also ging es auch irgendwie um die Ehre ihrer Bande. Meggy würde auf keinen Fall zulassen, dass die Sumpflitzer, angeführt von irgendeinem Miesmann, diese Ehre ankratzten.

In der großen Pause trat dann auch das ein, was Meggy ohnehin schon geahnt hatte. Siggi Miesmann kam gefolgt von seinem Bruder Robby und einem ihrer fiesen Jungs auf Meggy zu und baute sich vor ihr auf. Er kramte die Titelseite des *Bröckelbacher Anzeigers* aus seiner Hosentasche und hielt sie Meggy unter die Nase. Sie roch nach Druckerschwärze und Kuhmist und war übersät von Fettflecken.

»Na, nehmt ihr es mit den Miesmännern auf?«, fragte Siggi und versuchte dabei bedrohlich zu klingen.

Meggy schob die Zeitung beiseite und lächelte lässig.

»Worauf du dich verlassen kannst.«

Mit diesem kurzen Gespräch war nun das erneute Duell der beiden Banden offiziell besiegelt. Die Miesmann-Zwillinge wollten offensichtlich Revanche für ihre Boxkampf-Niederlage und Meggy hatte die Herausforderung angenommen.

Sie wusste natürlich, dass die anderen Halunken wenig begeistert davon sein würden, sich wieder mit Siggi und seinen Jungs rumzuärgern. Sie wusste aber auch, dass es zu den Aufgaben einer Bandenchefin gehörte, auch mal unbequeme Entscheidungen zu treffen.

»Nicht schon wieder Stress mit diesen Knalltüten«, hatte Knolle dann auch geklagt, als Meggy den anderen Halunken am Nachmittag von ihrem Aufeinandertreffen mit Siggi berichtete. Wie immer trafen sie sich in ihrem Bandenquartier in der Scheune. Aber sie waren nicht vollzählig, da Alfons und Marius seit Kurzem in Berlin wohnten. Meggy würde die beiden später anrufen und ihnen die Neuigkeit mitteilen.

»Was hast du jetzt vor?«, wollte Schorsch von Meggy wissen. Er trug zwar wie immer seine geliebten Boxhandschuhe, hatte aber überhaupt keine Lust, sich erneut mit Siggi Miesmann einen Kampf zu liefern.

»Mit Boxen kommen wir hier nicht weiter«, antwortete Meggy. »Unsere Aufgabe ist es, einfach nur den schönsten Wagen beim Festumzug in Bröckelbach zu präsentieren.« Sie betonte das Ganze so, als sei es die leichteste Sache der Welt. Dann verfinsterte sich ihr Blick und ihre Stimme wurde ernster. »Dieses Mal geht es um nichts weniger als die Ehre unseres ganzen Dorfes. Und wer, wenn nicht die Heuhaufen-Halunken, sollte es mit den Sumpflitzer Dumpfbacken aufnehmen?«

Sie kramte ihr Notizbuch hervor, in das sie immer all ihre Pläne notierte, klappte eine neue Seite auf und schrieb in Großbuchstaben:

DAS FEST DER FESTE

»Ist das nicht eine Nummer zu groß für uns?«, warf Knolle ein. »Ich meine, wo sollen wir denn so einen Festwagen hernehmen? Außerdem muss der doch von einem Traktor gezogen werden. Und überhaupt – das Gebaue und Geschmücke macht doch bestimmt jede Menge Arbeit! Und von Arbeit hab ich erst einmal die Nase voll!« Er ließ sich rückwärts ins Heu plumpsen und schnaufte wie ein alter Ackergaul.

Arbeit hatten die Heuhaufen-Halunken in letzter Zeit tatsächlich genug gehabt: Sie hatten die ganzen Sommerferien hindurch geschuftet. Nach ihrem spannenden Ausflug nach Berlin im Frühling, bei dem die Halunken einen Bauwagen mit Gülle geflutet hatten, waren sie nämlich dazu verdonnert worden, auf einem ungenutzten Grundstück in der Nähe von Marius' Zuhause einen Spielplatz zu errichten. Da sie dies gemeinsam mit ihren neuen Berliner Freunden Kalle, Jamal und Miyu tun sollten, war das natürlich alles andere als eine Strafe. Trotzdem war die Arbeit anstrengend gewesen. Sie hatten gebuddelt und gegraben, Steine geschleppt und Zement angerührt. Zum Glück wurden sie dabei von Bauarbeitern unterstützt, die in der Firma von Marius' Vater arbeiteten und in ihrem Berliner Akzent einen witzigen Spruch nach dem anderen losließen. Überhaupt hatten die Heuhaufen-Halunken in Berlin jede Menge Spaß gehabt. Nachmittags, nach der Arbeit, waren sie in den Pool der Villa von Marius' Eltern gesprungen oder hatten Halunken-Bolzen in dem riesigen Garten gespielt. Und

sie hatten bei ihren Ausflügen die schönsten Ecken Berlins kennengelernt. Meggy hatte die Stadt richtig in ihr Herz geschlossen und sich fest vorgenommen, später mal nach Berlin zu ziehen, falls das mit San Francisco nicht klappen sollte.

Aber nun war sie eben wieder in Dümpelwalde, und das war auch gut so. Und sie hatte auch überhaupt keine Angst, dass die Sache mit dem Festwagen eine Nummer zu groß für sie war. Die Erlebnisse der letzten Monate hatten ihr gezeigt, dass die Halunken gemeinsam alles schaffen konnten.

»Sicherlich wird eine Menge Arbeit auf uns zukommen

und auch ich habe ehrlich gesagt wenig Lust, mich schon wieder mit Siggi und seinen Kumpanen rumzuplagen«, sagte Meggy schließlich. »Aber unser Dorf braucht uns, das steht nun mal fest.« Sie sah Schorsch, Knolle und Lotte erwartungsvoll an. Und nach einem kurzen Moment der Stille nickten die drei zustimmend.

»Natürlich brauchen wir Unterstützung«, fügte Meggy hinzu. »Und ich weiß auch schon, wer uns bei der Sache helfen kann!«

Kapitel 3

Sind die Haare grau und spröde, wird das Leben nicht gleich öde

Oma Hertha saß auf der alten Bank vor ihrem Haus, hatte ihr Strickzeug auf dem Schoß liegen und schlief. Die halb fertigen Wollsocken mit Ringelmuster waren vermutlich als Weihnachtsgeschenk für ihren Enkel Marius gedacht. Bei der Spätsommersonne, die Dümpelwalde in warmes Licht tauchte, war es eigenartig, an Weihnachten zu denken. Als Meggy, Schorsch, Knolle und Lotte die Bank erreichten, fiel der Schatten der Kinder auf Oma Herthas Gesicht. Nach einem kurzen Schmatzen öffnete die beste Großmutter Dümpelwaldes ihre Augen. Als sie die Kinder vor sich erblickte, ließ sie vor Schreck das Strickzeug fallen und sprang in einem für ihr Alter erstaunlichem Tempo von der Bank auf.

»Habt ihr mich erschreckt!«, schnaufte sie und ließ sich ebenso schnell wieder auf die Bank plumpsen.

»'Tschuldigung!«, sagten die Kinder wie aus einem Mund und Meggy hob das Strickzeug auf, das auf den Boden gefallen war.

»Sind die für Marius?«, fragte sie und musste dabei ein bisschen grinsen. Die Vorstellung, dass Marius diese dicken, gestreiften Wolldinger in seinen topmodernen Turnschuhen tragen würde, war einfach zu lustig.

»Äh, ja«, stammelte Oma Hertha und rückte ihre grauen Haare zurecht, die wie immer zu einem Dutt zusammengebunden waren. »Aber ihr seid vermutlich nicht gekommen, um mit mir übers Stricken zu reden, oder?«

Meggy schüttelte den Kopf. »Nein. Wir brauchen deine Hilfe in einer viel wichtigeren Sache!«

»Gibt es Wichtigeres als Socken stricken?«, fragte Oma Hertha schmunzelnd.

»Es geht um nichts weniger als um die Zukunft unseres Dorfes«, sagte Meggy ernst und sie klang dabei wie die Bundeskanzlerin.

»Ui«, antwortete Oma Hertha. »Das scheint ja wirklich wichtig zu sein.«

Sie packte ihr Strickzeug beiseite und bat die Kinder, sich zu ihr auf die Bank zu setzen.

Dann erzählte Meggy ihr von dem Artikel im *Bröckelbacher Anzeiger* und der Begegnung mit Siggi Miesmann. Sie machte deutlich, wie wichtig es war, die Ehre Dümpelwaldes zu retten und diesen Sumpflitzer Miesmännern eins auszuwischen. »Und da unser Ortsvorsteher gerade nicht im Dienst ist und sich bisher noch keiner um den Dümpelwalder Festwagen kümmert, werden wir das jetzt in die Hand nehmen!«, schloss Meggy ihren Bericht.

»Und ich soll euch dabei helfen«, fügte Oma Hertha hinzu.

»Ganz genau!«

Oma Hertha atmete tief ein und schaute gedankenverloren in die Ferne. Dabei senkten sich ihre Augenlider ganz leicht und Meggy hatte Angst, dass sie wieder einschlafen würde.

»Ich bin dabei!«, sagte sie plötzlich entschlossen und ihr Körper schien sich mit einem Schlag mit Energie aufzuladen. Ihre Augen verengten sich und sie krempelte die Ärmel ihrer hellblauen Bluse hoch, die sie unter ihrer geblümten Kittelschürze trug. »Ich habe mit den Sumpflitzer Herrschaften ohnehin noch eine Rechnung offen!«

Meggy sah die anderen Halunken überrascht an.

»Was für eine Rechnung?«, traute sich Schorsch schließlich zu fragen.

»Das tut jetzt nichts zur Sache. Los, lasst uns einen Plan schmieden!«

DAS FEST DER FESTE

Aufgabe:

Die Rettung der Ehre von Dümpelwalde

Die Lösung:

Operation »Party-Karosse«

Phase 1:

- ~~Oma Hertha fragen, ob sie helfen kann.~~
  Sie ist dabei!!!
- Beim Ortsvorsteher nach dem Stand der bisherigen Planungen erkundigen (Oma Hertha)
- Festwagen planen
- Die Miesmänner aus Sumpflitz im Auge behalten (Meggy)
- Fit bleiben, falls die Sache doch wieder in einem Boxkampf endet (Schorsch)

Oma Hertha hatte sich zunächst einmal beim Ortsvorsteher erkundigt, ob nicht doch schon irgendetwas geplant war. Immerhin war der Festumzug der 700-Jahr-Feier zurzeit in aller Munde. Bei dem Telefonat war der Orstvorsteher allerdings nur schwer zu verstehen gewesen, weil jedes zweite Wort entweder *Aua* oder *Arrgh* war. Sein Kreuzbandriss schien immer noch ziemlich schmerzhaft zu sein. Das Gespräch dauerte auch nicht lange, denn es hatte sich bisher noch kein Freiwilliger gefunden. Und das, obwohl es bis zum Fest in Bröckelbach nur noch knapp zwei Wochen waren. Der Ortsvorsteher war daher auch sehr erleichtert, dass Oma Hertha die Sache nun mit ein paar Kindern in die Hand nahm, und bedankte sich überschwänglich. Er ahnte zwar, dass es sich bei den Kindern um die Heuhaufen-Halunken handelte, die er ja nur allzu gut kannte und die im Dorf nicht bei jedem beliebt waren, aber in seiner Situation war ihm das egal. Eigentlich war ihm sogar das ganze 700-jährige Jubiläum egal. Er hoffte einfach nur so schnell wie möglich wieder auf die Beine zu kommen, um in der nächsten Saison der Alt-Herren-Liga wieder um die Torjägerkrone kämpfen zu können. Hinter der war er nun nämlich schon seit vielen Jahren her und er war schließlich nicht mehr der Jüngste.

Bevor er, begleitet von einem besonders lang gezogenen *Auuuuua,* das Gespräch beendete, versprach er noch, den Ortsbeirat von Bröckelbach zu informieren. Damit war Oma Hertha nun die offizielle Verantwortliche Dümpelwaldes in der Angelegenheit Festwagen. Und ihre erste Aufgabe bestand darin, sich um einen Traktor und einen großen Anhänger zu kümmern.

Meggys Aufgabe war es, die Sumpflitzer Herausforderer im Auge zu behalten. Schließlich konnte man davon ausgehen, dass es die Miesmänner nicht dabei belassen würden, einfach nur einen besonders schön geschmückten Wagen zu bauen. Vermutlich würden sie wieder mit irgendwelchen fiesen Tricks arbeiten, um den Wettbewerb auf jeden Fall zu gewinnen. Schorsch sollte sich sicherheitshalber fit halten, falls es aus irgendeinem Grund doch noch zu einem Boxkampf kommen sollte. Zum Beispiel, wenn der Festwagen-Wettbewerb in einem Unentschieden endete oder das ganze Fest aufgrund eines Unwetters ausfiel. Man konnte ja nie wissen und Meggy wollte auf alles vorbereitet sein.

Für Schorsch war das keine besonders schwierige Aufgabe, da er sich ohnehin fit hielt und in jeder freien Minute auf seinen Boxsack in der Scheune eindrosch.

Versteckt hinter ein paar Heuballen war das Quartier der Halunken ein idealer Ort zum Trainieren. Es gab sogar eine gemütliche Sitzecke mit einem alten Sofa und einem kleinen Tisch sowie einem brummenden Kühlschrank, der meistens mit frischem Apfelsaft und anderen Leckereien gefüllt war.

»Oh, Mist, ich habe ganz vergessen Alfons und Marius anzurufen!«, stellte Meggy entsetzt fest, als sie ihrem Bruder Schorsch am späten Abend eine Gute Nacht wünschte. Eine Halunken-Filiale in Berlin zu haben, war zwar eine schöne Sache, aber das gemeinsame Schmieden von Plänen wurde dadurch etwas komplizierter. Marius hatte ihr schon oft gesagt, dass sie sich einen Laptop oder ein Smartphone mit Kamera anschaffen sollte, damit sie Videokonferenzen halten konnten, aber Meggy interessierte sich nicht für solchen technischen Kram. Es reichte, dass einer der Halunken ein Technikfreak war, und das war eben Marius.

»Ich ruf sie einfach morgen an«, sagte sie schließlich und legte sich schlafen.

Dass die moderne Technik den Halunken schon sehr bald einen äußerst wichtigen Dienst erweisen würde, konnte Meggy zu diesem Zeitpunkt noch nicht ahnen.

Kapitel 4

Hat ein Dorf was zu verstecken, kann man's nur mit List entdecken

Alfons und Marius waren begeistert gewesen, als Meggy sie am nächsten Tag nach der Schule angerufen und ihnen von der Festwagensache erzählt hatte. Marius versprach Meggy, sich darum zu kümmern, dass Alfons und er am Jubiläumswochenende nach Dümpelwalde kamen. Die Aussicht darauf, dass die Heuhaufen-Halunken schon bald wieder vereint sein würden, ließ Meggys Herz Freudensprünge machen. Es gab einfach nichts Schöneres, als mit den besten Freunden der Welt Abenteuer zu erleben. Wenn sie ehrlich war, vermisste sie Alfons und Marius jeden Tag. Wenn sie getrennt voneinander waren, fühlte es sich immer so an, als wäre ein Teil der Familie auf einer langen Reise. Und das, obwohl sie Marius ja erst seit etwas mehr als einem Jahr kannte. Plötzlich schlich sich die Vorstellung in ihren Kopf, dass es die Heuhaufen-Halunken vielleicht irgendwann gar nicht mehr geben würde. Sie schob diesen Gedanken schnell beiseite und überlegte, was als Nächstes zu tun war. Ihre Aufgabe war es ja, die Miesmänner im Auge zu behalten. Doch wie sollte sie das anstellen? Sie konnte ja nicht einfach so in Sumpflitz aufkreuzen und rumspionieren. Das wäre viel zu auffällig gewesen.

Gerade als sie über die absurde Idee nachdachte, sich mit einer Sonnenbrille und einem angeklebten Bart zu tarnen, rollte ein verbeulter Lieferwagen auf den Hof. Ein langhaariger junger Mann warf mehrere in Plastikfolien gehüllte Zeitungsstapel vor die Haustür von Lottes Mutter, die in der kleinen Einliegerwohnung neben Meggys Elternhaus wohnte. Er hatte das Autoradio so laut gestellt, dass die Scheiben des klapprigen Wagens bebten, und als er davonrauschte, konnte Meggy die Musik noch hören, obwohl er Dümpelwalde vermutlich schon längst wieder verlassen hatte.

Als Meggy die Pakete sah, kam ihr eine geniale Idee. Lottes Mutter teilte seit einiger Zeit zweimal in der Woche

Zeitungen und Werbeproschüren in Dümpelwalde und Sumpflitz aus, um sich ein paar Euro dazuzuverdienen. Wenn sie nun Lottes Mutter beim Zeitungsaustragen helfen würde, könnte sie die Sumpflitzer Konkurrenz unauffällig ausspionieren. Sofort bot sie Lottes Mutter ihre Hilfe an. Diese war zwar überrascht, fragte aber nicht weiter nach, weil sie sehr dankbar für Meggys Unterstützung war. Als Lotte mitbekam, dass Meggy ihrer Mutter helfen würde, wollte sie natürlich ebenfalls mit dabei sein. Meggy hatte nichts dagegen. Vier Augen sahen beim Auspionieren schließlich mehr als zwei. Am späten Nachmittag zogen die drei mit Rucksäcken voller Zeitungen bepackt durch Dümpelwalde und fuhren anschließend mit dem Auto nach Sumpflitz.

Knolle, der bisher noch keine Aufgabe beim neuen Halunkenplan hatte, fischte die Dümpelwalder Ortszeitung aus dem Briefkasten, die Lotte kurz zuvor hineingeschoben hatte. Gelangweilt überflog er den Bericht über die Jahreshauptversammlung des Kaninchenzuchtvereins, sah sich die verschwommenen Schwarzweißfotos vom Tag der offenen Tür der Freiwilligen Feuerwehr an und blieb dann bei den Kleinanzeigen hängen. Plötzlich stockte ihm der Atem und

das Wasser lief ihm im Mund zusammen. »Das ist es!«, rief er begeistert und holte schnell seine Bastelschere.

Oma Hertha verbrachte den Nachmittag damit, mit Engelszungen auf Bauer Kunze einzureden. Schließlich war er der Einzige in Dümpelwalde, der einen recht passablen Fuhrpark an landwirtschaftlichen Fahrzeugen besaß.

»Warum fragst du nicht den alten Grieswitz«, entgegnete er zunächst brummig. »Der hat doch auch einen Trecker.«

Der Traktor vom alten Grieswitz war jedoch so verrostet, dass man nicht mal mehr erkennen konnte, welche Farbe er ursprünglich hatte. Es war unmöglich, mit solch einem Fahrzeug einen Preis für einen Festwagen zu gewinnen. Vermutlich würde er ohnehin auf halber Strecke einfach auseinanderfallen.

»Das ist nicht dein Ernst«, sagte Oma Hertha deshalb und ihre Stimme wurde nun etwas strenger. »Es geht um die Ehre Dümpelwaldes. Da können wir nicht mit einem Haufen Schrott in Bröckelbach auftauchen. Wir müssen uns von unserer besten Seite zeigen. Oder willst du etwa, dass diese hinterhältigen Sumpflitzer am Ende als Sieger dastehen?«

Bei der Vorstellung durchzuckte es Bauer Kunze unangenehm. »Natürlich nicht!«, knurrte er.

Dann kratzte er sich nachdenklich an seinem stoppeligen Kinn und atmete tief ein.

»Komm, gib dir einen Ruck«, sagte Oma Hertha sanft. »Lass es uns den Sumpflitzern zeigen. Wie in alten Zeiten.«

Bauer Kunze sah sie unschlüssig an. Dann huschte ein kleines, fast unsichtbares Lächeln über sein Gesicht.

»Also gut.«

Als Meggy am Abend mit Lotte und ihrer Mutter zu Hause ankam, war sie etwas enttäuscht von ihrer ersten Spionagetour durch Sumpflitz. Das Dorf war wie ausgestorben gewesen. Außer ein paar zerzausten Katzen, altersschwachen Hofhunden, die nicht mal mehr die Kraft hatten, sie anzubellen, und einigen neugierigen Dorfbewohnern, die auf ihre Fensterbänke gelehnt die Zeit totschlugen, gab es nichts zu sehen. Von Siggi und seinen Jungs keine Spur. Und einen Anhänger, der sich für einen Festwagen eignete, konnte Meggy auch auf keinem der Bauernhöfe entdecken.

Sie wusch sich die Hände und graues, von Druckerschwärze eingefärbtes Wasser rann in den Abguss.

»Irgendwas ist da faul«, dachte sie und hoffte, dass sie bei ihrer nächsten Zeitungstour am Freitag mehr herausfinden würde.

Kapitel 5

Läuft ein Plan nicht glatt wie Butter, frag doch einfach deine Mutter

Es war schon ein eigenartiger Anblick, der sich am nächsten Tag im Quartier der Heuhaufen-Halunken bot. Neben Meggy, Schorsch, Knolle und Lotte hockte auch Oma Hertha versteckt hinter Strohballen in der Scheune und schlürfte ein Glas Apfelsaft mit dem Strohhalm leer, während sich die Bande über den aktuellen Stand der Planungen austauschte.

Meggy hatte vorgeschlagen, Oma Hertha als Ehrenmitglied bei den Halunken aufzunehmen. Zumindest für die Zeit bis zur 700-Jahr-Feier. Die übliche Mutprobe blieb ihr aufgrund ihres fortgeschrittenen Alters natürlich erspart. Sie musste aber hoch und heilig versprechen, alles, was im Quartier geredet und geplant wurde, für sich zu behalten und es nicht mal ihrem Kanarienvogel zu erzählen, wenn sie denn einen gehabt hätte. Oma Hertha versprach zu schweigen und kam sich um Jahrzehnte jünger vor, als sie so zwischen den Heuballen hockte und Meggy dabei beobachtete, wie sie alles Wichtige in Ihrem Notizbuch festhielt.

Meggy und Lotte berichteten, dass sie nichts, aber auch rein gar nichts in Sumpflitz entdecken konnten, was irgendeinen Hinweis auf die Planungen der Miesmänner gab.

Oma Hertha war erfolgreicher gewesen. Sie hatte Bauer Kunze überreden können, seinen größten und stärksten Traktor sowie einen riesigen Anhänger zur Verfügung zu stellen. Meggy wunderte sich sehr darüber. Dass Bauer Kunze mitmachen würde, hätte sie nie geglaubt. Auf die Frage, wie Oma Hertha es geschafft hatte, diesen Miesepeter zu überreden, antwortete sie geheimnisvoll: »Auch unser lieber Bauer Kunze hat noch eine Rechnung mit den Sumpflitzern offen.« Doch mehr wollte sie zu diesem Thema nicht verraten.

Knolle, der schon die ganze Zeit nervös auf einer der Obstkisten hin und her gerutscht war, meldete sich nun endlich zu Wort. Er faltete einen Zettel auseinander, auf dem eine Zeitungsanzeige aufgeklebt war.

»Ich habe gestern etwas in der Dümpelwalder Ortszeitung entdeckt, das euch den Atem verschlagen wird!« Er räusperte sich und las den Text der Anzeige vor: »Nostalgische Zuckerwattemaschine (Baujahr unbekannt), verchromt und in einwandfreiem Zustand, in treue Hände abzugeben. DAS Highlight für Ihre nächste Feier! Verhandlungsbasis 250 Euro.«

Er schaute die anderen Halunken erwartungsvoll an und ergänzte noch: »Ein Schnäppchen!«

»Schnäppchen, aha«, wiederholte Schorsch und klang dabei alles andere als überzeugt. »Hattest du dir nicht geschworen, nie wieder Zuckerwatte anzurühren?«

Schorsch dachte an einen Vorfall auf dem Sumpflitzer Dorffest vor einigen Jahren, bei dem Knolle Siggi Miesmann aus Versehen eine Ladung Zuckerwatte ins Gesicht gepfeffert hatte. Siggi hatte ihm daraufhin eine ordentliche Abreibung verpasst.

»Ach, das war doch vor einer halben Ewigkeit!«, entgegnete Knolle, und bei dem Gedanken an die weiße, klebrige Masse lief ihm das Wasser im Mund zusammen.

Lotte hingegen war sofort begeistert von der Idee. Zuckerwatte wollte sie immer schon mal probieren.

Meggy hielt sich mit einem Kommentar noch zurück. Man konnte aber sehen, dass sie angestrengt nachdachte. Dabei verengten sich ihre Augen zu Schlitzen, fast so wie bei ihrem berüchtigten Gangsterblick. Nach einem kurzen Moment der Stille sagte sie zur Überraschung aller: »Also gut, wir kaufen das Ding!«

Oma Hertha schmunzelte. Sie hatte ja schon immer gewusst, dass es Meggy faustdick hinter den Ohren hatte, denn Meggy erinnerte sie sehr an sich selbst, als sie in ihrem Alter gewesen war. Die Anführerin der Halunken nun aber in Aktion zu sehen, war wirklich beeindruckend.

Nur Schorsch schaute Meggy völlig entgeistert an, so als hätte seine Schwester nicht mehr alle Tassen im Schrank. »Wo bitteschön sollen wir denn 250 Euro hernehmen?«

»Keine Ahnung«, entgegnete Meggy. »Aber mit diesem Gerät auf unserem Festwagen werden wir die Massen begeistern!«

Knolle stimmte ihr zu und klatschte vor Freude in die Hände.

Und da Lotte und Oma Hertha nicht protestierten, fügte Meggy ihrer Notizbuch-Liste einen weiteren Punkt hinzu: 250 Euro besorgen!

Operation »Party-Karosse« Phase 2

- Bauer Kunze ist mit dabei – unglaublich!
- in Sumpflitz ist definitiv etwas faul – dranbleiben!
- 250 Euro besorgen (für die Zuckerwattemaschine)

ZICKE, ZACKE, ZUCKERWATTE! ☺

Das wird ein Spaß!

NOSTALGISCHE ZUCKER-WATTEMASCHINE

(Baujahr unbekannt), verchromt und in einwandfreiem Zustand, in treue Hände abzugeben.

DAS Highlight für Ihre nächste Feier!

Verhandlungsbasis 250 Euro

Die 250 Euro aufzutreiben, war jedoch nicht das einzige Problem, das die Halunken hatten. Bauer Kunze würde zwar seinen Traktor samt Anhänger zur Verfügung stellen, aber damit war es ja nicht getan. Der Wagen musste geschmückt werden. Vermutlich würde man ihn vorher sogar noch umbauen müssen und dafür brauchte man erst mal einen Plan.

Schorsch, der außer des üblichen Boxtrainings nichts zu tun hatte, erklärte sich bereit, eine Zeichnung des Festwagens anzufertigen. Immerhin hatte er vor einiger Zeit schon mal den Bauplan eines Boxrings entworfen und so bereits Erfahrung im Skizzieren gesammelt. Doch was fehlte, war eine kreative Idee. Der Wagen musste irgendein Motto haben, es reichte nicht aus, ihn mit ein paar Blümchen zu schmücken. Oma Hertha schlug vor, Meggys und Schorschs Mutter um Rat zu fragen. Schließlich hatte sie ein Händchen für schöne Dinge und ihre kunstvoll beschrifteten Marmeladengläser und Saftflaschen waren mittlerweile im ganzen Umland bekannt.

Meggy zögerte kurz. Eigentlich wollte sie, dass die Heuhaufen-Halunken die Sache alleine regelten. Aber sie merkte auch, dass sie bei diesem Vorhaben ohne die Hilfe von Erwachsenen nicht weiterkommen würden. Denn selbst wenn sie eine eigene Idee gehabt hätten, wären sie nicht in der Lage gewesen, den riesigen Anhänger umzubauen. Die Ehre eines ganzen Dorfes ließ sich vermutlich am besten mit der Hilfe eines ganzen Dorfes retten.

»Ich frag sie«, willigte Meggy schließlich ein und kurz darauf saß auch ihre Mutter im Quartier der Heuhaufen-Halunken. Die Kinder fühlten sich zunächst unwohl dabei. Schließlich war Erwachsenen und Fremden der Zutritt strengstens verboten. Wobei Meggys Mutter immer schon eine Ausnahme gewesen war. Immerhin füllte sie regelmä-

ßig den Kühlschrank im Quartier mit leckeren Sachen, und wenn man es genau nahm, gehörte ihr die Scheune ja sogar. Außerdem stellte sich schnell heraus, dass sie eine echte Bereicherung war! Voller Begeisterung spann sie geniale Ideen, gab Schorsch Anweisungen für seine Zeichnung und fand schließlich das passende Motto für den Festwagen: »Dümpelwalde – das süßeste Dorf im ganzen Land!«

Nach knapp einer Stunde stand das Konzept. Links und rechts am Anhänger sollten Äste angebracht werden, die die Apfelbaumallee darstellten, die nach Dümpelwalde führte. Große Stoffbahnen in unterschiedlichen Grüntönen sollten um den Wagen gespannt werden. Sie symbolisierten die sanften Hügel um Dümpelwalde und würden gleichzeitig die hässlichen Reifen des Anhängers verdecken. An den Stoffbahnen sollten Äpfel hängen, die wie Fallobst auf den Wiesen lagen. Über dem Anhänger würde ein großes hellblaues Tuch gespannt sein, das den sommerlichen Himmel darstellte. Die frischen Zuckerwatten würden darunter wie weiße Wolken wirken. Meggys Mutter wollte zusätzlich noch kandierte Äpfel beisteuern, die ebenfalls an die Besucher verteilt werden sollten. Knolle machte vor Begeisterung einen Luftsprung.

Als Sitzgelegenheiten auf dem Anhänger sollten Heuballen dienen, darauf hatte Meggy bestanden. Immerhin musste irgendwie erkennbar sein, dass die Heuhaufen-Halunken für den prächtigen Wagen verantwortlich waren. Das i-Tüpfelchen würde jedoch ein riesiger Apfel aus Pappmaschee sein, der auf das Dach von Bauer Kunzes Traktor geschnallt werden sollte. Darauf würde Meggys Mutter in ihrer wunderschön verschnörkelten Schrift das Motto Dümpelwaldes pinseln.

Der Festwagen sah bereits auf Schorschs Zeichnung atemberaubend aus.

»Na, wenn wir mit dem Wagen nicht gewinnen, dann weiß ich auch nicht!«, fasste es Oma Hertha zusammen und die Halunken stimmten ihr begeistert zu.

Doch Meggys Mutter war mit ihren Ideen noch nicht am Ende. Sie wusste sogar, wie die Heuhaufen-Halunken die 250 Euro für die Zuckerwattemaschine auftreiben konnten.

»Nehmt die Zeichnung unseres Festwagens und geht damit von Haus zu Haus. Wenn jeder Bürger auch nur einen Euro beisteuert, um die Ehre unseres Dorfs zu retten, haben wir das Geld fast zusammen.«

»Und wenn am Ende noch etwas fehlt, lege ich den Rest drauf«, fügte Oma Hertha hinzu. »Ich habe unter meinem Kopfkissen noch einen Notgroschen für schwierige Zeiten!«

Meggy wusste zwar nicht, was ein Notgroschen war, fand die Idee ihrer Mutter aber sehr gut. So würden die Halunken das ganze Dorf für ihren Plan begeistern können. Eines hatte sie heute nämlich gelernt: Nur wenn alle mit anpackten, hatte Dümpelwalde eine Chance, den Wettbewerb zu gewinnen.

Kapitel 6

Ist der Ruf erst ruiniert, wird man ganz schnell abserviert

Leider ließen sich die Einwohner Dümpelwaldes nicht so ohne Weiteres von der Idee des Festwagens überzeugen. Das lag weder an der Idee an sich noch an Schorschs Zeichnung, sondern einzig daran, dass die Heuhaufen-Halunken im Ort nicht sonderlich beliebt waren.

»Was wollt ihr Gören denn hier? Macht, dass ihr vom Hof kommt!«, war die häufigste Reaktion, die die Kinder an den Haustüren zurückbekamen.

»Wir brauchen eine neue Strategie!«, stellte Meggy keuchend fest, als sie gerade einem kläffenden Dackel entkommen waren, den eine verärgerte Bewohnerin hinter ihnen hergejagt hatte.

»Und wie soll die aussehen?«, japste Knolle gequält. Er war besonders außer Atem, weil er auf der Flucht noch einen Schokoriegel verdrückt hatte.

Meggy brauchte eine Weile, bis sie einen klaren Gedanken fassen konnte. Sie stützte sich auf ihren Knien ab und kniff die Augen zusammen, bis sie den rettenden Einfall hatte. Schließlich war sie die Anführerin der Bande und man konnte sich auf ihren messerscharfen Verstand verlassen.

»Los, lauft nach Hause und schmeißt euch in eure Sonntagsklamotten. Ich rede in der Zwischenzeit mit Oma Hertha.« Die Halunken schauten sie ratlos an, machten sich aber schließlich auf den Weg. »Kämmen nicht vergessen«, rief ihnen Meggy noch hinterher und hoffte, dass ihr Plan aufgehen würde.

Eine halbe Stunde später drückte Oma Hertha auf den Klingelknopf von Frau Grünow. Sie sollte die Versuchsperson für die neue Strategie der Halunken sein. Da Frau Grünow schlecht hörte, surrte die Klingel so laut, dass Meggy und die anderen vor Schreck zusammenzuckten. Nach einer gefühlten Ewigkeit konnte man ein langsames Schlurfen hören und dann öffnete sich die Haustür. Frau

Grünow blickte überrascht auf die eigenartige Schar, die sich dort vor ihrem Haus versammelt hatte. Sie kramte ihre Brille aus der Kittelschürze, weil sie ihren Augen nicht recht traute. Vor ihr stand Oma Hertha, begleitet von einer Gruppe Kinder, die aussah, als würde ihnen jeden Moment der Nobelpreis für Artigkeit verliehen werden. Meggy, Schorsch, Knolle und Lotte hatten sich in ihre schicksten Klamotten geworfen, ihre frisch geputzten Zähne lächelnd präsentiert und wie aus einem Mund »Guten Tag, liebe Frau Grünow« posaunt. Knolle hatte sich einen strengen Scheitel gekämmt und ihn mit so viel Haarspray besprüht, dass seine Haare wie Beton an ihm klebten. Schorsch hatte sich eine Krawatte seines Vaters umgebunden und Lotte sah in ihrem Kleid aus wie ein kleiner Engel. Auch Meggy war nicht wiederzuerkennen. Sie hatte ihre Flip-Flops ausnahmsweise zu Hause gelassen und trug stattdessen die glänzenden schwarzen Schuhe ihrer Mutter. Die waren ihr zwar etwas zu groß, aber mit ein wenig Zeitungspapier ausgestopft saßen sie ganz gut. Ihr buntes Kopftuch hatte sie gegen einen etwas altmodischen Hut mit einer übergroßen Schleife ausgetauscht. Den hatte sie in der hintersten Ecke des Flurschranks gefunden und der muffige Geruch hatte sich nur mit einer extragroßen Portion vom Lieblingsparfüm ihrer Mutter beseitigen lassen.

Frau Grünow nahm kurz ihre Brille ab und wischte verwirrt die Gläser an ihrer Schürze sauber. Waren das nicht die Heuhaufen-Halunken? Die Kinder, die ein Auto kurzgeschlossen, einen Boxkampf in der Scheune von Bauer Kunze veranstaltet hatten und die sogar noch in Berlin für ihren unsäglichen Schabernack bekannt waren?

Oma Hertha schien ihre Gedanken zu lesen. »Keine Angst, Wilhelmine! Die Kinder kommen in guter Absicht. Es geht um die Zukunft unseres Dorfes. Wir Alten müssen auch mal auf die Jungen hören.«

Dann schob sie Knolle nach vorne und bedeutete ihm, Frau Grünow die Zeichnung des Festwagens zu präsentieren. Mit einer eleganten Bewegung zog er das Bild aus einer schwarzen Ledermappe, die er sich von seinem Vater geliehen hatte.

»Und nun, Meggy, erzähle doch der lieben Frau Grünow, um was es geht«, fügte Oma Hertha hinzu und trat einen Schritt beiseite.

»Hochgeachtete Frau Grünow, ehrenwertes Mitglied unserer Dorfgemeinschaft! Erlauben Sie mir, Ihnen einen Einblick in unsere bescheidenen Pläne zur Rettung unseres geliebten Dorfes zu geben.« Meggy klang wie ein Bote des Königs aus irgendeinem Märchenfilm.

»Hier sehen Sie eine Skizzierung des Festwagens, der Dümpelwalde bei der diesjährigen Jubiläumsfeier Bröckelbachs auf angemessene Weise repräsentieren soll.« Sie deutete auf die Zeichnung und Schorsch hatte Mühe, nicht laut loszulachen. So hatte er seine Schwester noch nie reden hören.

Doch zu seiner Verwunderung zeigte Meggys Gesäusel Wirkung. Frau Grünow hing ihr förmlich an den Lippen und bei jeder Erläuterung gab die alte Dame ein »Ach ja«, »Sag bloß« oder »entzückend« von sich.

Meggy endete mit dem Satz: »Und wenn Sie Teil dieses gemeinschaftlichen Projekts zum Wohle unseres werten Heimatortes werden wollen, unterstützen Sie uns doch mit der milden Gabe eines bescheidenen Euros.«

Nun konnte sich auch Oma Hertha das Lachen nur mit Mühe verkneifen. Meggy war wirklich einmalig.

Tief bewegt von der Ansprache verschwand Frau Grünow in ihrer Wohnung und kam kurz darauf mit einem 5-Euro-Schein in der Hand zurückgeschlurft.

»Hier, mein Kind«, sagte sie ruhig und wischte sich gerührt eine Träne aus den Augen. »Ich unterstütze euch von ganzem Herzen!«

Sie winkte Oma Hertha und den Kindern noch lange hinterher, als diese bereits auf dem Weg zum nächsten Haus waren. Zufrieden steckte Meggy den 5-Euro-Schein in die schwarze Ledermappe und rückte ihren Hut zurecht.

Bis zum Abend hatten die Halunken gemeinsam mit Oma Hertha das halbe Dorf abgeklappert. Zurück im Bandenquartier kippte Schorsch das gesammelte Geld auf den klapprigen Tisch aus, während Knolle frischen Apfelsaft aus dem Kühlschrank holte. Oma Hertha hatte die Beine hochgelegt und rieb sich die schmerzenden Knie. »Ich weiß nicht, ob ich noch mal so eine Tour schaffe«, klagte sie und nahm einen großen Schluck Saft.

»Das wird auch gar nicht nötig sein«, sagte Schorsch, als er mit dem Zählen des Geldes fertig war. »Wir haben bereits 268 Euro und 89 Cent zusammen.«

»Das ist ja der Hammer!«, triumphierte Knolle, und Lotte brüllte laut »Jippieh!«, obwohl sie mit solch großen Zahlen gar nichts anfangen konnte.

Oma Hertha blickte stolz zu Meggy rüber, die schweigend auf dem Sofa saß und irgendwie müde wirkte.

»Das haben wir alles unserer Chefin zu verdanken!«, sagte sie, und Meggy wurde bei den Worten ein bisschen rot im Gesicht.

Aber es stimmte. Meggy war von Haustür zu Haustür überzeugender geworden und die Leute spendeten, was das Zeug hielt. Vermutlich hätte sie auch problemlos noch Zeitschriften-Abos oder Staubsauger verkaufen können – die Bürger Dümpelwaldes fraßen ihr an diesem Nachmittag förmlich aus der Hand. Und Meggy hatte ihren Spaß gehabt. Mit der ulkigen Verkleidung hatte sie sich wie eine Theaterschauspielerin gefühlt und ihre Rolle mit so viel Einsatz gespielt, dass sie nun total platt war. Aber es hatte sich mehr als gelohnt. Das Geld für die Zuckerwattemaschine hatten sie jetzt zusammen. Und was noch viel großartiger war: Oma Hertha hatte sie doch tatsächlich Chefin genannt!

Nach dem Abendessen rief Meggys Mutter bei dem Besitzer der Zuckerwattemaschine an. Eigentlich wollte Knolle das erledigen, doch Oma Hertha hatte gemeint, dass Geschäfte dieser Größenordnung nur von Erwachsenen getätigt werden durften. Der Verkäufer bot an, dass Meggys Mutter sich die Maschine noch am gleichen Abend anschauen könnte. Begleitet von Meggy, Schorsch, Knolle und Lotte machte sie sich kurz darauf auf den Weg.

Eine halbe Stunde später erreichten sie einen heruntergekommenen Hof, der komplett mit altem Plunder vollgestellt war. Von gebrauchten Autoreifen bis zu versifften Kühlschränken schien es hier alles zu geben, was man noch irgendwie zu Geld machen konnte. Eine völlig zerzauste

Katze huschte hinter ein paar verrostete Fahrräder, die an der Hauswand lehnten.

Der Verkäufer schien schon auf sie gewartet zu haben, denn sobald Meggys Mutter und die Kinder ausgestiegen waren, kam er auch schon aus der Haustür geeilt. Er trug einen total verdreckten blauen Arbeitsanzug.

»Tach, die Herrschaften«, nuschelte er und fuhr sich mit der Hand durch seine fettigen Haare.

»Hier steht dat jute Stück, is echt schnieke!« Er deutete auf die hinterste Ecke des Hofes und ging vorneweg.

Auch wenn der Verkäufer nicht sehr vertrauenswürdig aussah, machte die Maschine dafür einen umso besseren Eindruck. Sie glänzte im abendlichen Schein der Sonne und sah aus, wie aus einer anderen Zeit.

»Wirklich wunderschön!«, meinte Meggys Mutter und begutachtete die verchromte Schale mit Glaskuppe, die auf einem hölzernen Kasten befestigt war. Auf dem Kasten stand in einer altmodisch verschnörkelten Schrift »Feine Zuckerwatte« und zwei Speichenräder machten das Gerät sogar fahrbar. Meggys Mutter kam aus dem Schwärmen gar nicht mehr raus.

Der Verkäufer bemerkte sofort, dass sie von dem Gerät

begeistert war, und hob den Preis für die Maschine spontan auf 280 Euro an. Doch Meggy durchschaute ihn sofort. Das Selbstbewusstsein, das sie am Nachmittag beim Spendensammeln erlangt hatte, kam nun zum Einsatz. Mit fester Stimme wies sie den Verkäufer auf das Wort »Verhandlungsbasis« in der Zeitungsanzeige hin. Sie blickte ihn streng an und fügte hinzu: »Zweihundertvierzig Euro oder das Geschäft ist geplatzt.«

»Na, du bist ja mal janz helle, wa?«, entgegnete der Verkäufer lachend. Doch bevor er noch etwas sagen konnte, knurrte Meggy: »Das ist unser letztes Wort!«

»Ja, genau … unser letztes Wort«, wiederholte Meggys Mutter und sah Meggy verdattert an.

»Na, dann will ick mal nich so sein«, brummte der Verkäufer und reichte Meggys Mutter die Hand. »Jebongt.«

Daraufhin kippte Schorsch das Geld aus der Ledertasche, behielt 28,89 Euro zurück und machte sich gemeinsam mit den anderen daran, die Zuckerwattemaschine im Kofferraum zu verstauen.

Das war aber gar nicht so einfach, denn die Maschine war größer als gedacht. Mithilfe von zwei ausgeleierten Spanngurten, die ihnen der Verkäufer noch für völlig überteuerte 10 Euro überließ, schafften sie es, die Maschine festzuzurren. Die Kofferraumklappe mussten sie jedoch offen stehen lassen und so zuckelten sie im Schneckentempo nach Hause.

Meggy blickte zufrieden aus dem Fenster. Der erste Teil ihres Plans zur Rettung der Ehre von Dümpelwalde war voll und ganz aufgegangen.

Kapitel 7

Wenn eine Sache furchtbar stinkt, das Schicksal manchmal fröhlich winkt

Meggys Mutter war wirklich eine große Hilfe. Voller Begeisterung unterstützte sie die Halunken bei der Umsetzung des Plans. Sie fertigte eine maßstabsgetreue Zeichnung des Festwagens an, besorgte Stoffe und organisierte weitere Helfer. Gemeinsam mit Knolles Vater, der ein hervorragender Handwerker war, traf sie sich mit Bauer Kunze, um den Umbau des Anhängers zu planen. Jeden Tag nach der Schule packten dann auch die Kinder tatkräftig mit an. Schorsch schnitt die Stoffbahnen zurecht, Lotte pinselte Grashalme darauf und Knolle tüftelte gemeinsam mit Meggys Mutter an dem Zuckerguss für die kandierten Äpfel. Oma Hertha schaute nach dem Rechten und versorgte die fleißigen Helfer regelmäßig mit frisch gebackenem Kuchen und anderen Leckereien.

Meggy telefonierte jeden Tag mit Alfons und Marius, um ihnen den Stand der Dinge durchzugeben. Es war schon eigenartig, einen Halunkenplan durchzuführen, obwohl ihre Bande nicht komplett war. Alfons und Marius hätten zu gerne mit angepackt, doch von Berlin aus konnten sie im Moment nichts tun. Umso schöner war es, dass die beiden es geschafft hatten, ihre Eltern zu überreden, am Festwochenende nach Dümpelwalde zu kommen.

»Heute in einer Woche sind wir komplett«, sagte Alfons begeistert, als Meggy am Freitag nach der Schule mit ihm telefonierte. »Und dann werden wir es diesen Sumpflitzer Flitzpiepen endgültig zeigen!«

Meggy gefiel es, dass Alfons immer noch der Alte war. Sie hätte ihn in den letzten Tagen gut gebrauchen können. Die Aussicht, dass sie sich schon sehr bald wiedersehen würden, stimmte sie glücklich. Außerdem lief der Plan gerade außerordentlich gut. Fast schon zu gut.

»Du solltest die Miesmänner aber trotzdem nicht aus den Augen lassen«, sagte Alfons noch, bevor er auflegte, und Meggy wusste, dass er recht hatte.

Bei ihrer heutigen Zeitungstour wollte sie Sumpflitz noch genauer unter die Lupe nehmen. Irgendetwas musste dort doch rauszufinden sein.

Am späten Nachmittag machte sich Meggy mit bunten Werbezetteln und Zeitungen bepackt gemeinsam mit Lottes Mutter auf den Weg. Lotte wollte dieses Mal nicht mithelfen. Stattdessen malte sie in sorgfältigster Feinarbeit einen Grashalm nach dem anderen auf die grünen Stoffbahnen des Festwagens.

Nachdem sie Dümpelwalde mit Zeitungen versorgt hatten, fuhren Meggy und Lottes Mutter nach Sumpflitz. Der Sommer gab auf seine letzten Tage noch mal alles und heizte die Luft unangenehm auf.

»Boah, wie das hier wieder stinkt!«, brummte Meggy, als sie aus dem Wagen stieg. An den Geruch dieses Kaffs würde sie sich nie gewöhnen. Es roch nach einer Mischung aus saurer Milch, Katzenpipi, Kuhmist und Benzin. Und bei der Hitze war der Gestank besonders schlimm. Sie packte sich den schweren Rucksack auf den Rücken und nahm einen Stapel Zeitungen auf den Arm.

»Was man nicht alles für die Ehre seines Dorfes tut«, brummte sie und machte sich auf den Weg. Lottes Mutter

übernahm die Häuser auf der linken Straßenseite, während Meggy die Häuser auf der rechten Seite mit den Zeitungen versorgte. Manche Briefkästen quollen schon über vor lauter Prospekten und Werbezetteln. Die dazugehörigen Bruchbuden sahen auch nicht wirklich bewohnt aus. Vermutlich hatten die Besitzer den schrecklichen Gestank nicht mehr ausgehalten und waren ausgewandert. Aber auch die Häuser, die ganz offensichtlich noch bewohnt waren, sahen nicht viel besser aus. Überall bröckelte der Putz von den Wänden und die Lieblingsfarbe des durchschnittlichen Sumpflitzers schien Rostbraun zu sein. Alles rostete hier. Autos, Traktoren, Dachrinnen, Gartenzäune und Briefkästen. Selbst die wenigen Bewohner, denen Meggy begegnete, schienen eingerostet zu sein. Zumindest bewegten sie sich wie in Zeitlupe. Eilig schien es hier niemand zu haben. Warum auch? Wenn die Zeit sowieso stillzustehen schien, hatte man ja alle Zeit der Welt.

Für Meggy wäre es unvorstellbar gewesen, dass ein so träges Völkchen einen schicken Festwagen bauen konnte, hätte es nicht Ortsvorsteher Miesmann groß in der

Zeitung angekündigt. Doch auch an diesem Tag gab es im ganzen Ort nicht das geringste Anzeichen dafür, dass irgendjemand etwas Brauchbares auf die Beine stellte. Meggy nahm jede Hofeinfahrt, jedes offene Scheunentor und jede Garage des winzigen Dorfes ins Visier. Nichts. Sie spitzte die Ohren wie ein Luchs, um vielleicht irgendwo ein Hämmern, Schrauben oder Bohren zu hören. Doch außer quietschenden Briefkastendeckeln, ein paar grunzenden Schweinen und einem heftigen Rülpser, der aus einem Küchenfester schallte, war alles ruhig. Am Ende des Dorfes, kurz bevor die Straße in einen Acker überging, erreichte sie schließlich das Haus der Familie Miesmann. Bei ihrer letzten Tour durch Sumpflitz am Dienstag hatte Meggy auch hier nichts Verdächtiges entdecken können. Es gab auch keinen großen Hof oder eine Scheune. Nicht mal einen Garten. Das Haus war einfach nur ein langweiliger Kasten mit einem langweiligen Zaun drum herum. Auffällig war hier nur, dass nichts rostete. Als Ortsvorsteher achtete Roland Miesmann vermutlich besonders darauf, dass alles ordentlich aussah. Schließlich war er ja eine Art Vorbild.

Auf die Entwicklung seiner Söhne hatte das jedoch keine positive Wirkung gehabt.

Meggy öffnete das kleine Tor im Zaun und schlich über den gepflasterten Eingangsbereich. Gerade als sie einen Werbezettel in die Zeitungsbox neben der Haustür stopfen wollte, hörte sie drinnen jemanden reden. Hinter einem Busch links vor der Haustür war ein kleines Fenster gekippt und so konnte Meggy jedes Wort problemlos verstehen.

»Wenn alles fertig ist, bekommen Sie Ihr Geld. Und wenn wir den Wettbewerb gewinnen – wovon ich ausgehe –, gibt's noch einen Bonus!«, sagte eine Männerstimme. Meggy vermutete, dass es Roland Miesmann war, der gerade telefonierte. Nach einer kurzen Pause fügte er hinzu: »Aber denken Sie daran: Diskretion! Auf Wiederhören.«

Meggy hatte keine Ahnung, was Diskretion bedeutete, doch darüber konnte sie jetzt auch nicht weiter nachdenken. Die Haustür wurde nämlich schwungvoll aufgerissen und vor ihr stand niemand anderes als Siggi Miesmann.

»Sieh mal an, wen haben wir denn da?«, raunte Siggi und grinste dabei so dreckig, wie es nur ein Miesmann aus Sumpflitz konnte. Dann wurde sein Blick schlagartig kalt wie Trockeneis. »Was suchst du hier?«

»Ähm, eure Zeitungsbox«, gab Meggy unschuldig zurück und lächelte gezwungen. »Ah, da ist sie ja«, sagte sie gespielt überrascht und schob einen Werbezettel hinein. »Sind ein paar tolle Angebote drin«, fügte sie hinzu und ging seelenruhig Richtung Eingangstor zurück.

»So leicht kommst du mir nicht davon«, brüllte ihr Siggi hinterher, doch Meggy ließ sich nicht beeindrucken. Sie durfte keine Angst zeigen, auch wenn ihre Knie anfingen weich zu werden.

Doch wie aus dem Nichts stand plötzlich Siggis Zwillingsbruder Robby im Eingangstor und versperrte ihr den Weg. Und damit nicht genug. Auch die anderen Jungs von

Siggis mieser Raufbande bauten sich hinter Robby auf und blickten Meggy mit fiesen Gesichtern an – so als hätten sie gerade in eine Zitrone gebissen. Meggy saß nun endgültig in der Falle.

»Wie wär's, wenn wir uns die Angebote in deinen Werbeblättchen gemeinsam anschauen«, knurrte Siggi, holte die bedruckten Papiere aus der Zeitungsbox und rollte sie zusammen. Dann hielt er sie wie einen Knüppel in die Höhe. Die anderen Jungs lachten und grölten und kamen nun auf Meggy zu.

»Wie jammerschade, dass dein boxendes Brüderchen nicht hier ist«, sagte Siggi und kam nun ebenfalls näher.

»Wie geht's denn eigentlich deinem Hühnerauge?«, fragte Meggy spöttisch. »Tut's noch weh? Oder hast du jetzt vielleicht auch noch Fußpilz bekommen – hier müffelt's nämlich!«

Siggi wurde nun richtig wütend und wollte sich gerade auf Meggy stürzen, als Lottes Mutter winkend am Zaun erschien.

»Kommst du, Meggy? Ich bin fertig«, sagte sie und blickte dann auf Siggi und seine Bande. »Mit den netten Jungs kannst du ein andermal spielen. Ich muss nach Hause.«

Im gleichen Moment erschien Roland Miesmann in der Haustür.

»Alles in Ordnung hier draußen«, fragte er und nahm Siggi die aufgerollten Werbeprospekte aus der Hand.

»Alles bestens!«, antwortete Meggy. »Beachten Sie vor allem die Beilage vom XXL-Supermarkt. Die haben frische Fußpilze und Hühneraugen im Angebot!«

Sie lächelte Siggi an, der innerlich kochte, und stapfte zufrieden vom Hof. Dann trottete sie in der nun milder gewordenen Abendsonne mit Lottes Mutter die Dorfstraße entlang.

»Du weiß schon, dass diese Jungs alles andere als meine Freunde sind«, sagte Meggy nach ein paar Metern.

»Klar«, antwortete Lottes Mutter. »Aber mein Überraschungsangriff hat funktioniert. Hast du ihre verdutzten Gesichter gesehen?«

Meggy lachte laut los. Auch Lottes Mutter hatte es also faustdick hinter den Ohren.

Irgendwie schienen alle in Dümpelwalde das Halunkensein im Blut zu haben.

Kapitel 8

Wenn man im Dorf zusammenhält, schafft man fast alles auf der Welt

Am nächsten Morgen trafen sich alle zur Lagebesprechung im Hauptquartier der Heuhaufen-Halunken. Es war ein gewöhnlicher Samstag und in Dümpelwalde waren alle sehr beschäftigt. Ein jeder fegte den Gehweg vor seinem Haus, mähte den Rasen oder zersägte irgendetwas. Deshalb war es samstags auch immer viel lauter als an jedem anderen Wochentag. Dafür war es sonntags meistens mucksmäuschenstill. Oma Hertha kam mit etwas Verspätung, weil sie sich mit Frau Grünow zu lange am Gartenzaun unterhalten hatte. Besser gesagt, hatte sie es versucht. Der Rasenmäher des Nachbarn war nämlich so laut, dass Frau Grünow trotz Hörgerät auf höchster Stufe nichts verstehen konnte.

Aber eigentlich machte das auch nichts. Die Gespräche am Gartenzaun gingen sowieso immer um dasselbe Thema: Die Gesundheit. Entweder plagte das Rheuma oder der Blutdruck oder beides. Dennoch mochte Oma Hertha diese Gespräche, weil sie zeigten, dass man sich umeinander sorgte. Und in Zeiten wie diesen, wo es um die Ehre des Dorfes ging, war Zusammenhalt wichtiger denn je.

»Gibt es etwas Neues?«, fragte sie, als sie sich auf das alte Sofa plumpsen ließ.

»Und ob!«, sagte Meggy, die ihr Notizbuch bereits aufgeschlagen hatte und ein Wort vorlas, das sie sich am Abend zuvor notiert und fett unterstrichen hatte: »DISKRETION.«

»Dis-kre-was?«, fragte Schorsch verwirrt.

Um nicht noch länger um den heißen Brei herumzureden, erzählte Meggy von ihrem Aufeinandertreffen mit Siggi Miesmann und dem Telefonat, das sie mitgehört hatte. »Ich habe im Lexikon nachgeschaut – Diskretion bedeutet: Verschwiegenheit, die man über vertrauliche Dinge wahrt.«

Meggy schaute verschwörerisch in die Runde. »Vielleicht ging es in dem Telefonat um irgendetwas anderes, vermutlich ging es aber um den Festwagen der Sumpflitzer. Und falls das so ist, stinkt die Sache ganz gewaltig!«

»Dass es in Sumpflitz stinkt, ist doch nichts Neues!«, meinte Knolle und hielt sich die Nase zu.

Meggy lächelte, wurde dann aber wieder ernst. »Wir müssen herausfinden, mit wem Roland Miesmann gestern Abend telefoniert hat!«

»Wie sollen wir das denn machen?«, fragte Schorsch.

»Keine Ahnung.« Meggy klappte ihr Notizbuch zu und die Halunken saßen eine Weile schweigend da.

»Kunigunde«, sagte Oma Hertha plötzlich. »Meine Freundin aus Sumpflitz. Sie ist die Tante von Roland Miesmann. Vielleicht bekomme ich über sie irgendetwas raus. Am besten besuche ich sie gleich heute. Ich muss ihr ohnehin ihr Rezeptbuch wiedergeben, das ich mir vor einer halben Ewigkeit geliehen habe.«

»Ist einen Versuch wert«, meinte Meggy, große Hoffnungen machte sie sich allerdings nicht. Kunigunde war eine freundliche alte Dame, die nicht so richtig nach Sumpflitz passte. Oma Hertha hatte mal erzählt, dass sie sogar einige Jahre in Frankreich gelebt hatte, bei ihrer großen Liebe. Leider blieb diese Liebe aber nicht groß und deshalb war Kunigunde irgendwann wieder nach Sumpflitz zurückgekehrt. Und da sie schon immer eine leidenschaftliche Köchin und Hobby-Konditorin war, brachte sie aus Frankreich unzählige Rezepte mit, die sie in ihre vielen Rezeptbücher notierte. Meggy konnte sich beim besten Willen nicht vorstellen, dass Kunigunde irgendetwas von den krummen Geschäften der Miesmänner wusste. Dafür war sie viel zu nett.

Plötzlich erschien Meggys Mutter in der Scheune, gefolgt von Bauer Kunze und Schorschs Vater.

»So viele Erwachsene waren noch nie in unserem Hauptquartier«, stellte Schorsch fest. »Wenn das so weitergeht, müssen wir anbauen!«

Meggy fühlte sich nicht wohl dabei, dass ihr Quartier so viel Besuch bekam. Wenn die 700-Jahr-Feier vorüber war, würde hier hoffentlich wieder Normalzustand herrschen. Bis dahin würde sie jedoch ein Auge zudrücken müssen.

»Kommt mal mit nach draußen«, sagte Meggys Mutter aufgeregt und grinste bis über beide Ohren. »Wir wollen euch was zeigen!«

Meggy war sprachlos. Auf dem Hof stand der Traktor von Bauer Kunze mit dem angehängten Festwagen. Der Anhänger war nicht mehr wiederzuerkennen. Die Seiten waren mit den grünen Stoffbahnen bespannt, die Lotte mit Tausenden von Grashalmen bepinselt hatte. Auf dem Anhänger war eine Holzkonstruktion angebracht, über der ein Dach aus blauen Stoffbahnen hing. Es sah aus wie ein

riesiges Himmelbett. Rund um den Anhänger waren große Äste befestigt, die wie Bäume in den Himmel ragten. Alles sah fantastisch aus!

»Da seid ihr platt, was?«, sagte Meggys Mutter und war sichtlich stolz. Die Halunken bekamen kein Wort heraus und starrten mit offenen Augen auf den Anhänger. Sie alle hatten mitgeholfen die Einzelteile herzustellen, aber das Gesamtwerk war unglaublich beeindruckend.

Und das, obwohl der Festwagen noch gar nicht fertig war.

»Wir brauchen ein paar Heuballen aus eurem Quartier und wollen die Zuckerwattemaschine aufladen«, erklärte Meggys Mutter. »Dann bauen wir noch eine Art Theke, an der wir die Zuckerwatte und die kandierten Äpfel ausgeben.« Sie deutete auf eine Ecke des Anhängers, die noch leer war.

»Allerdings haben wir auch noch jede Menge Arbeit für euch übrig gelassen.« Sie schwang sich auf den Traktor und zeigte mit einer ausladenden Geste auf das Dach. »Hier oben soll der Pappmaschee-Apfel montiert werden – und damit könnt ihr gleich heute noch beginnen!«

Operation »Party-Karosse« Phase 3:

- die Zuckerwattemaschine ist gekauft – ZICKE, ZACKE, ZUCKERWATTE!
- Der Festwagen wird HAMMERGENIAL!
- In Sumpflitz ist was faul – AUF JEDEN FALL
  - verdächtiges Gespräch von Roland Miesmann
  - Stichwort: DISKRETION (Diskretion bedeutet *Verschwiegenheit, die man über vertrauliche Dinge wahrt*)

Was zu tun ist:

- Oma Hertha versucht etwas aus Kunigunde herauszubekommen
- Pappmaschee-Apfel muss gebaut werden

Die Sache mit dem Pappmaschee-Apfel war schwieriger als gedacht. Zunächst benötigten sie ein stabiles Drahtgerüst, das die Form vorgab. Weil der Apfel schon von Weitem zu erkennen sein sollte, musst er ordentlich groß werden. Knolles Vater war beim Bau des Gerüsts fast verzweifelt. Entweder war es nicht stabil genug und verbog sich, wenn man es nur anschaute, oder es hatte nicht die Form eines Apfels, sondern eher die einer verschrumpelten Birne.

Meggys Mutter hingegen blieb die Ruhe selbst und half den Kindern dabei, den Kleister anzurühren. Lottes Mutter holte in der Zwischenzeit einen riesigen Stapel übrig gebliebener Zeitungen und Werbeblättchen, um damit das Drahtgerüst zu bekleben. Bis in den späten Abend waren sie beschäftigt, doch das Ergebnis konnte sich sehen lassen: Eine Kugel, so groß wie ein Heuballen, stand nun vor ihnen. Meggys Mutter hatte sogar einen Stiel und ein Blatt aus Pappmaschee geformt.

»Wenn alles getrocknet ist, malen wir den Apfel noch richtig schön an«, sagte sie und zog sich einige Papierfetzen aus den Haaren. »Aber für heute machen wir erst mal Feierabend.«

Darüber war vor allem Knolle sehr froh. Der Anblick des riesigen Apfels hatte bei ihm einen unerträglichen Hunger ausgelöst. Zwischendurch hatte sein Magen so laut geknurrt wie ein ausgewachsener Kampfhund. Seine Mutter hatte ihn zwar zwischendurch mit Leberwurstbroten und Müsliriegeln versorgt, aber große Wirkung hatte das nicht gezeigt.

Lotte rettete schnell noch ein paar Fliegen, die sich auf dem klebrigen Riesenapfel niedergelassen hatten und von selbst nicht mehr loskamen.

»Wie lange braucht es eigentlich, bis der Apfel getrocknet ist«, wollte Schorsch wissen und wusch seine verkleisterten Finger in der Regentonne ab.

»Gute Frage«, antwortete seine Mutter. »Ich hoffe, dass wir am Montag mit dem Anmalen beginnen können.«

Knolles Vater war da skeptisch. »So durchnässt wie das Papier ist, könnte das schwierig werden.«

»Macht euch da mal keine Sorgen«, meinte schließlich Bauer Kunze. »Ich hab einen Bautrockner, das ist eine Art Riesenfön. Den stelle ich morgen neben den Apfel und dann ist das Ding in Nullkommanix trocken.«

Dann verabschiedete er sich freundlich und fuhr mit Traktor und Anhänger zurück zu seinem Hof.

Meggy konnte über Bauer Kunze nur staunen. Der größte Miesepeter des Dorfes war nun eine riesige Hilfe. Und irgendwie hatte sie das Gefühl, dass er sich in seiner neuen Rolle auch richtig wohlfühlte. Dümpelwalde steckte voller Überraschungen.

Gerade als sich die Halunken voneinander verabschiedet hatten und Meggy ins Haus gehen wollte, kam Oma Hertha auf den Hof geeilt.

»Meggy, du hast recht!«, schnaufte sie und stützte sich am Treppengeländer ab. »In Sumpflitz ist etwas oberfaul!«

Kapitel 9

Bist du im Dorf einmal schachmatt, kommt die Rettung aus der Stadt

Während Meggy und die anderen Halunken den Pappmaschee-Apfel gebastelt hatten, war Oma Hertha bei Kunigunde in Sumpflitz zu Besuch gewesen. Zunächst war alles wie gewohnt verlaufen. Oma Hertha hatte ihr das Rezeptbuch zurückgegeben und die beiden hatten sich über den Blutdruck und das Rheuma ausgetauscht. Dann hatte Kunigunde Petit Fours aufgetischt. Die kleinen, süßen Kuchen waren bunt verziert und Kunigunde erzählte, wie sie die Leckereien das erste Mal in einer Bäckerei in der Nähe des Eiffelturms gegessen hatte. Als sie Oma Hertha das Rezept dafür aufschreiben wollte, kippte die gelassene Stimmung jedoch schlagartig. Denn während Kunigunde kauend die Zutaten auf einen kleinen Zettel notierte, stellte Oma Hertha ihr eine Frage, die ihr den Bissen im Halse hatte stecken lassen.

»Wie laufen eigentlich die Vorbereitungen eures Festwagens für die 700-Jahr-Feier?«

Kunigunde hatte augenblicklich den Bleistift beiseitegelegt und Mühe gehabt, sich nicht zu verschlucken.

»Was geht dich das an?«, hatte sie in einem unfreundlichen Ton gesagt, den Oma Hertha gar nicht von ihr kannte. Kunigunde kaute zu Ende und warf ihr einen strengen Blick zu.

»Ah, jetzt verstehe ich«, raunte sie. »Du kommst mich nur besuchen, um hier rumzuspionieren. Hätte ich mir doch denken können.« Sie zerknüllte den Zettel und pfefferte ihn wütend in den Papierkorb.

Oma Hertha war wie vor den Kopf gestoßen. Offensichtlich hatte Kunigunde etwas zu verbergen.

»Was ist denn mit dir los?«, fragte sie empört. »Eine alte Freundin so zu behandeln. Ich habe dir nur eine Frage gestellt. Mehr nicht.«

Doch Kunigunde war noch nicht fertig. »Freundin? Dass ich nicht lache. Du und deine Dümpelwalder Trantüten können mir gestohlen bleiben! Ihr werdet beim Dorfjubiläum euer blaues Wunder erleben.«

Da hatte es Oma Hertha gereicht. Sie war unverzüglich aufgestanden, hatte sich ihre Jacke und Handtasche geschnappt und Kunigunde ernst in die Augen geblickt.

»Ich weiß nicht, was mit dir los ist. Melde dich bei mir, wenn du wieder normal bist.«

Wütend war sie zur Haustür gestapft, hatte sich dann aber noch mal umgedreht.

»Übrigens, deine kleinen französischen Party-Fürze haben mir ohnehin nicht geschmeckt. Viel zu süß!«

Meggy war baff. Das, was ihr Oma Hertha von dem Besuch bei Kunigunde erzählt hatte, war wirklich mehr als verdächtig gewesen. Am Abend lag Meggy noch lange wach und überlegte krampfhaft, wie die Dinge miteinander zusammenhingen: Keine Spur von einem Festwagen in Sumpflitz, Roland Miesmanns Telefonat und dann das eigenartige Verhalten von Kunigunde. Der Tag war jedoch so anstrengend gewesen, dass Meggy keinen klaren Gedanken mehr fassen konnte und erschöpft einschlief. Morgen würde sie genug Zeit haben, über alles in Ruhe nachzudenken.

Der nächste Tag verlief dann doch nicht so ruhig wie gedacht. Und das, obwohl es ein Sonntag war.

Nach dem Frühstück saß Meggy an ihrem Schreibtisch und studierte die Aufzeichnungen in ihrem Notizbuch. Doch sie konnte sich nicht konzentrieren. In der Scheune brummte ein Riesenfön und trocknete den Pappmaschee-Apfel. Das Gebrumme konnte man vermutlich in ganz Dümpelwalde hören. Bauer Kunze hatte den Bautrockner schon früh am Morgen auf dem Weg zur Kirche vorbeigebracht. Zu Meggys Erstaunen hatte er die Haare ordentlich gekämmt und anstelle seiner Gummistiefel schicke schwarze Schuhe getragen. In diesem Aufzug sah er eher aus wie ein Bankangestellter und nicht wie ein Bauer.

Schorsch, der um diese Zeit normalerweise in der Scheue mit seinem Boxsack übte, hatte das Training wegen des lauten Gebrummes in sein Zimmer verlegt und arbeitete nun wild hüpfend an seiner Beinarbeit.

Genervt hämmerte Meggy gegen die Zimmerwand.

»Lass doch mal das Gehopse«, rief sie. »Ich kann hier nicht in Ruhe nachdenken!«

Im Nachbarzimmer wurde es augenblicklich still und kurz darauf stand Schorsch in der Tür.

»Worüber musst du denn schon wieder nachdenken?«, fragte er und wischte sich den Schweiß von der Stirn.

Meggy erzählte ihm von Oma Hertha und Kunigunde.

»Da ist was oberfaul«, bestätigte er und zog sich seine Boxhandschuhe von den schwitzigen Händen.

»Ich weiß einfach nicht, was das alles zu bedeuten hat«, sagte Meggy und verschränkte die Arme vor der Brust. Ihr Blick verfinsterte sich und sie dachte so angestrengt nach, wie sie nur konnte. In diesem Moment vermisste sie Alfons und Marius schrecklich. Vielleicht hätten die beiden eine Idee gehabt. Sie kam sich ungewohnt hilflos vor. Sie hatte das Gefühl, dass alles an ihr hing, auch wenn sie natürlich wusste, dass das nicht stimmte. Immerhin hatten die Halunken bei der Operation »Party-Karosse« mehr Unterstützung denn je. Oma Hertha, Meggys Mutter, Lottes Mutter, Knolles Vater und sogar Bauer Kunze packten mit an. Trotzdem war sie es, die die Herausforderung von Siggi Miesmann angenommen hatte.

»Ruf doch mal Alfons und Marius an«, meinte Schorsch, als hätte er Meggys Gedanken lesen können.

Meggy zögerte. »Du hast recht«, sagte sie schließlich und holte das Telefon aus dem Flur.

»Tut mir leid, Meggy. Alfons nimmt heute gemeinsam mit Jamal an einem Breakdance-Wettbewerb teil. Er kommt erst spät am Abend wieder«, sagte Alfons' Mutter am Telefon. »Aber er freut sich riesig darauf, euch alle nächstes Wochenende zu sehen!«

»Ja, wir freuen uns auch«, antwortete Meggy und versuchte nicht allzu enttäuscht darüber zu klingen, dass sie Alfons nicht sprechen konnte.

Danach wählte sie Marius' Nummer. Er ging direkt dran und klang richtig gut gelaunt.

»Was gibt's, Chefin?«, sagte er und im Hintergrund lief Hip-Hop-Musik.

»Ist das Meggy?«, hörte man eine weitere Stimme im Raum, die Meggy sofort erkannte. Es war Kalle.

Marius und Kalle verbrachten seit dem Frühling viel Zeit miteinander. Die beiden verstanden sich prima, auch wenn man das vor ein paar Monaten noch nicht für möglich gehalten hätte. Gar nicht auszudenken, dass Marius sogar mal

richtig Angst vor Kalle gehabt hatte. Aber da kannte er ihn eben noch nicht gut. Beide waren echte Technikfreaks und verbrachten gemeinsam Stunden vor dem Computer, um irgendwelche Programme zu schreiben und damit alle möglichen elektronischen Geräte zu steuern.

»Ich stelle dich mal auf laut«, sagte Marius und seine Stimme klang nun weiter weg als vorher.

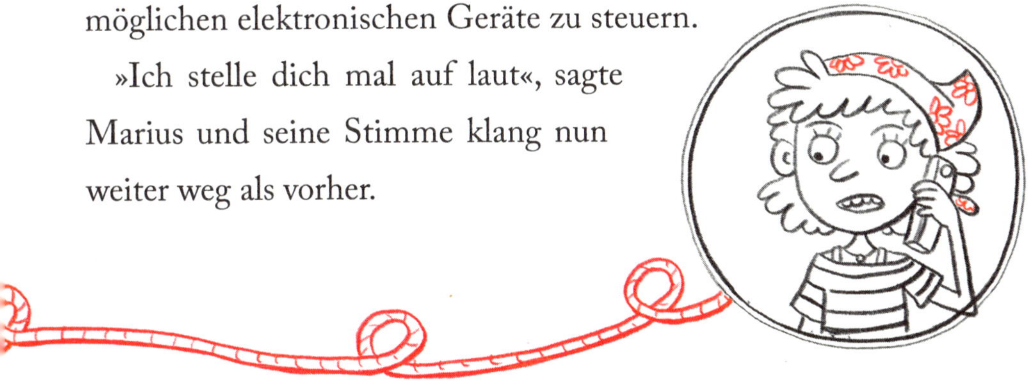

»Hallo Kalle«, grüßte Meggy und kam direkt zur Sache. »Hört mal, wir brauchen hier Hilfe. Wir vermuten, dass in Sumpflitz irgendwelche schrägen Sachen laufen.«

Kalle lachte. »Bei euch auf dem Dorf scheint immer was los zu sein! Da ist Berlin ja richtig langweilig dagegen.«

»Davon kannst du ausgehen«, bestätigte Meggy und erzählte den beiden haarklein, was in den letzten zwei Tagen vorgefallen war.

»Ich kann mir einfach nicht erklären, wie all die Dinge

zusammenhängen«, sagte sie schließlich und wartete gespannt auf die Reaktion ihrer beiden Freunde aus Berlin.

»Das ist ein klarer Fall«, sagte Kalle. »Ihr müsst diese Miesmänner aus Sumpfhausen abhören!«

»Sumpflitz«, korrigierte ihn Marius.

»Wie auch immer«, sagte Kalle. »Lasst mich kurz nachdenken.«

Eine Weile lang konnte man nur die Hip-Hop-Musik im Hintergrund hören, dann leises Getuschel.

»Das könnte klappen«, hörte man Marius schließlich flüstern. Dann wieder Getuschel.

»Hallo? Redet hier vielleicht auch noch mal jemand mit mir?«, beschwerte sich Meggy, aber sie hatte das Gefühl, dass Marius und Kalle ihr gar nicht zuhörten. Stattdessen schienen sie auf einer Computertastatur zu tippen und man hörte, dass Schubladen und Schränke aufgemacht wurden.

Nach einer gefühlten Ewigkeit übernahm Kalle wieder das Wort.

»Hör zu, Meggy, wir packen dir heute noch ein kleines Überraschungspaket und schicken es morgen mit Express zu dir nach Dümpelwalde. Bis Dienstag sollte es am Ende der Welt angekommen sein. Wir stecken dir noch eine

Anleitung dazu und dann können wir einen ordentlichen Lauschangriff auf die Miesmänner starten.«

Meggy verstand kein Wort, konnte aber auch nicht nachfragen, weil Marius das Gespräch sofort beendete.

»Wir müssen jetzt auflegen, weil wir alle Händevoll zu tun haben. Kannst dich auf uns verlassen!«

Dann knackte es kurz in der Leitung und die Verbindung war weg.

Meggy starrte verwirrt auf den Hörer.

»Und?« Schorsch sah seine Schwester erwartungsvoll an. »Was haben die beiden gesagt?«

»Ich habe keine Ahnung«, antwortete sie und kratzte sich am Kopf. »Aber am Dienstag bekommen wir Post von den Freaks.«

Kapitel 10

Geh'n im Dorf die Lichter an, lockt das nicht nur Fliegen an

Am Montag nach der Schule halfen Meggy, Schorsch, Knolle und Lotte dabei, den großen Pappmaschee-Apfel anzumalen. Der Bautrockner von Bauer Kunze hatte ganze Arbeit geleistet und das Kleisterpapier war mittlerweile so trocken wie ein alter Kuhfladen, der wochenlang in der Sonne gelegen hatte. Meggys Mutter gab den Kindern Anweisungen, wie der Apfel zu bemalen war. Sie sollten ihn nämlich nicht einfach nur grün anpinseln, sondern ihm auch noch rötliche und gelbliche Bereiche verpassen, die sie ineinander verlaufen ließen.

»Der Apfel muss so echt wie möglich aussehen«, sagte Meggys Mutter und hatte einige Äpfel als Vorlage dabei.

Die waren aber schnell verschwunden, weil sich Knolle beim Mittagessen nicht richtig satt gegessen hatte. Seine Mutter hatte an diesem Tag nämlich das einzige Gericht gekocht, das Knolle nicht mochte: Schmorgurken. Die gab es zum Glück nur einmal im Jahr, aber seine Mutter bestand darauf, weil es das Lieblingsgericht ihrer Großmutter war.

Der angemalte Riesenapfel sah mittlerweile so echt aus, dass Knolle sich beherrschen musste, um nicht auch noch in ihn reinzubeißen. Die Farbe trocknete zum Glück recht schnell und so konnten sie gegen Abend den fertigen Apfel auf dem Traktor anbringen. Meggys Mutter hatte zuletzt noch das Motto des Festwagens in wunderschönen weißen Buchstaben auf den Apfel gepinselt: »Dümpelwalde – das süßeste Dorf im ganzen Land!« Es sah fantastisch aus!

»Eigentlich kann es uns völlig egal sein, was die Sumpflitzer machen«, sagte Meggy, als die Freunde nach getaner Arbeit neben dem fast fertigen Festwagen auf Bauer Kunzes Hof standen und ihn mit glänzenden Augen ansahen. »Mit diesem Kunstwerk werden wir ganz bestimmt gewinnen!«

Knolles Vater hatte in der Zwischenzeit eine Theke im hinteren Bereich des Anhängers angebracht und so hatte auch die Zuckerwattemaschine ihren Platz gefunden.

»Funktioniert das Ding eigentlich?«, fragte Schorsch, dessen Magen schon wieder bedenklich knurrte.

Er hatte recht. Vor lauter Arbeit hatten sie doch tatsächlich vergessen, die Maschine zu testen.

Bauer Kunze verschwand kurz im Haus und kam mit einem Päckchen Zucker zurück.

»Weiß jemand, wie man damit Zuckerwatte macht?«, fragte er und schloss den alten Stecker an einem kleinen Dieselgenerator an, der den Anhänger mit Strom versorgte und dabei wie ein altersschwaches Mofa knatterte.

»Ich denke schon«, meldete sich Meggys Mutter. »Wir brauchen aber noch ein paar dünne Stäbchen.«

»Da hinten ist ein Haselnussstrauch«, bemerkte Schorsch und flitzte davon. Knolle und Lotte folgten ihm und kamen kurz darauf mit ein paar kerzengeraden Stöckchen wieder, von denen sie kleine Ästchen und Blätter abzupften.

»Das sollte gehen«, sagte Meggys Mutter, kippte ein wenig Zucker in die silberne Schüssel der Maschine und schaltete sie ein. Mit einem säuselnden Brummen fing ein Kolben in der Mitte der Schüssel an, sich zu drehen. Die eingebauten Heizspiralen erhitzten den Zucker und nach einer Weile entstanden dünne Fäden, die Meggys Mutter durch Drehen der Holzstäbchen in der Schüssel zu kleinen Wölkchen aufwickelte. Die Maschine funktionierte tadellos!

»Wow!«, staunte Knolle und durfte als Erster probieren. Er schob sich ein Stöckchen fast komplett in den Mund und die Zuckerwatte verklebte sein halbes Gesicht.

»Du siehst aus wie der Weihnachtsmann!«, lachte Lotte und schnappte sich ebenfalls eine Portion.

Nach und nach wurden alle Anwesenden mit der süßen Watte versorgt und selbst Bauer Kunze war begeistert.

»Iff hab gamf vergeffem, wie lecker daf fmeckt!«, schmatzte er und strahlte wie ein kleiner Junge.

Meggy wurde es plötzlich ganz warm ums Herz. Es fühlte sich großartig an, dass Große und Kleine zusammenarbeiteten, um gemeinsam die Ehre Dümpelwaldes zu retten. Unser Dorf ist wie eine große Familie, dachte sie und schleckte den letzten Rest Zucker genüsslich von ihrem Stäbchen.

Am nächsten Tag kam tatsächlich das Päckchen aus Berlin an. »Express« stand auf einem Aufkleber, und es war sorgfältig verpackt und mit einer Unmenge an Klebeband verschlossen. Meggy hatte große Mühe, es mit ihrer Bastelschere zu öffnen. Schorsch stand ungeduldig neben ihr und war ziemlich enttäuscht, als er den Inhalt des Pakets sah. Eingehüllt in altes Zeitungspapier befand sich darin nur ein kleiner Topf mit Plastikblumen und ein Brief.

»Hä, was soll das denn«, murmelte Meggy verwirrt und überprüfte die Schachtel, ob nicht doch noch irgendetwas Brauchbares darin war. Aber sie fand nichts.

Dann faltete sie den Brief auseinander, der natürlich mit Computer geschrieben war.

Typisch Marius, dachte Meggy und fragte sich, ob ihr Berliner Freund überhaupt mit einem Stift schreiben konnte.

»Los, lies schon vor!«, sagte Schorsch.

»Moment, lass uns erst noch Knolle und Lotte holen«, meinte Meggy und fünf Minuten später saßen die vier im Hauptquartier der Heuhafen-Halunken und starrten auf den Blumentopf, bevor Meggy schließlich den Brief vorlas.

Hallo, ihr Halunken in Dümpelwalde,

wir würden jetzt zu gerne eure Gesichter sehen! Vermutlich hockt ihr im Hauptquartier und habt nicht den blassesten Schimmer, was ihr mit einem ollen Blumentopf anfangen sollt. Dabei ist dieses Ding absolutes High-Tech. Hier eine kleine Anleitung, wie das „Flower-Power-Fon" funktioniert: Der obere Teil des Topfes mit den Plastikblumen lässt sich wie ein Deckel aufdrehen. Im Inneren ist ein Handy montiert, das mit einer hochempfindlichen Hörmuschel und einem Langzeit-Akku ausgestattet ist, der von Solarzellen geladen wird, die sich auf den Blättern der Blume befinden. Auf dem Handy ist nur eine einzige Nummer gespeichert. Diese ruft ihr an, nachdem ihr den Blumentopf am Zielort aufgestellt habt: Dem Fensterbrett neben der Haustür der Miesmänner. Dann verschließt ihr den Topf wieder und den Rest erledigt unser neues Computerprogramm. Das Handy übermittelt nämlich alles, was im Umkreis von 15 Metern gesprochen wird, an unser Auswertungssystem. Sobald die Worte „Festwagen", „Bröckelbach" oder „700-Jahr-Feier" fallen, gibt uns das System ein Signal. Wir können uns dann in den aufgezeichneten Gesprächen anhören, um was es ging, und informieren euch sofort.
Ich weiß, wir sind genial ☺

Viele Grüße
Marius und Kalle

Meggy drehte sofort den Deckel des Blumentopfs ab. Und tatsächlich – darin war ein Handy befestigt, das eigentlich ganz gewöhnlich aussah.

»Diese Freaks«, sagte sie lachend und war mächtig stolz auf ihre Freunde. Die Idee war wirklich genial.

»Und wie kommt der Topf zu den Miesmännern?«, fragte Knolle, der das alles noch nicht so richtig verstanden hatte.

»Ganz einfach: Ich nehme ihn mit, wenn ich nachher Zeitungen austragen gehe«, antwortete Meggy und konnte es kaum abwarten, mit Lottes Mutter nach Sumpflitz zu fahren.

Den Blumentopf auf dem Fensterbrett der Miesmanns aufzustellen, war ein Kinderspiel. Sumpflitz war wie immer wie ausgestorben und von Siggi und seinen Jungs gab es zum Glück keine Spur. Darüber war Meggy heilfroh, denn sie hätten die ganze Aktion ziemlich gefährden können. Auf dem Weg zur Haustür hatte Meggy daher auch schlottrige Knie gehabt, aber es war alles gut gegangen. Das Handy hatte problemlos funktioniert und der kleine Blumentopf war auf der Fensterbank hinter dem Busch perfekt getarnt. Das Abhörmanöver konnte beginnen.

Zur gleichen Zeit bekam der Sumpflitzer Festwagen den letzten Schliff. Meggys Mutter befestigte gemeinsam mit Lotte und Schorsch unzählige Äpfel an den grünen Stoffbahnen. Knolle brachte mit seinem Vater eine bunte Lichterkette am blauen Dach des Anhängers an, die sie ebenfalls am Dieselgenerator anschlossen. Und während Bauer Kunze den Lack des Traktors auf Hochglanz polierte, sorgte Oma Hertha wie immer für die Verpflegung.

Als Meggy und Lottes Mutter am Abend auf dem Hof von Bauer Kunze ankamen, schaltete Knolles Vater gerade die Lichterkette ein. Der Festwagen leuchtete nun in allen Farben in der langsam anbrechenden Dämmerung.

Meggy war sprachlos und eine kleine Freudenträne kullerte ihre Backe hinunter. Sie hatte noch nie etwas so Schönes gesehen! Gemeinsam hatten sie es geschafft: Der Festwagen Dümpelwaldes war fertig! Und Meggy war sich sicher, dass sie damit den Wettbewerb gewinnen und die Ehre ihres Dorfes retten würden.

Und während alle Helfer den leuchtenden Wagen betrachteten, kamen immer mehr Bewohner Dümpelwaldes auf den Hof von Bauer Kunze. Oma Hertha hatte nämlich

Frau Grünow informiert, und die wiederum ihre Nachbarin, und so weiter. Bald stand das halbe Dorf um den Festwagen und staunte. Die Spendengelder waren bestens genutzt worden und der Wagen sah noch viel schöner aus als auf der Zeichnung, die Meggy den Bewohnern an der Haustür gezeigt hatte.

Bis spät in den Abend herrschte reger Betrieb auf dem

Hof und Meggys Mutter hatte sogar noch einmal die Zuckerwattemaschine angeschmissen. Die Stimmung war wundervoll und alle konnten den Festumzug in Bröckelbach kaum noch erwarten.

Dass ausgerechnet Roland Miesmann an diesem Abend am Hof von Bauer Kunze vorbeifuhr und einen Blick auf den geschmückten Wagen werfen konnte, hatte keiner bemerkt.

Kapitel 11

Denkst an was Schönes du im Traum,
fällt es – schwuppdiwupp – vom Baum

»Du sollst dich bei Marius melden«, sagte Meggys Vater und ließ eine Handvoll geschälter Kartoffeln in einen Topf fallen. Mittwochs war er fürs Mittagessen zuständig und es roch in der Küche schon herrlich nach Braten. »Ist scheinbar was Wichtiges. Er hat schon fünfmal auf den Anrufbeantworter gesprochen.«

Meggy pfefferte ihren Schulranzen in den Flur, schnappte sich das Telefon und zog sich auf ihr Zimmer zurück. Sie wählte Marius' Nummer und spürte, dass ihr Herz deutlich schneller schlug als sonst.

»Wurde aber auch Zeit, dass du dich meldest«, sagte Marius und klang dabei sehr aufgeregt. »Als ich heute

Morgen im Mathe-Unterricht saß, habe ich ein Signal von unserem Computerprogramm auf mein Smartphone bekommen. In der nächsten Pause habe ich mir dann die Aufzeichnungen vom Flower-Power-Fon angehört. In Sumpflitz läuft wirklich ein ganz krummes Geschäft. Hör es dir an!«

Marius hielt sein Smartphone an den Telefonhörer und spielte die Aufnahme ab:

»Tag, Herr Krotzenbrink, Miesmann hier. Wir brauchen mehr Geld. Ich habe gestern Abend zufällig den Festwagen von Dümpelwalde gesehen. Das Ding sieht leider richtig gut aus. Wir müssen deshalb aufstocken. Kann ich mit Ihrer Unterstützung rechnen? ... Gut, ja ... mit zusätzlichen zweitausend Euro kommen wir bestimmt hin ... ich veranlasse dann alles Weitere. Wiederhören!«

»Was ... was hat das zu bedeuten?«, fragte Meggy unsicher.

»Warte kurz«, antwortete Marius. »Es gab nämlich noch ein Signal. Roland Miesmann hat direkt danach ein weiteres Telefonat geführt. Ich spiele es dir vor.«

»Ja, Miesmann hier. Sie müssen unseren Festwagen noch etwas aufmotzen. Die Konkurrenz in Dümpelwalde ist stark. Wir haben jetzt weitere zweitausend Euro zur Verfügung. Lassen Sie sich etwas einfallen. Und passen Sie auf, dass niemand von der Sache Wind bekommt!«

»Das sind mal Neuigkeiten, was?«, sagte Marius und schaltete das Smartphone aus.

»Ich fasse es nicht!«, raunte Meggy. »Roland Miesmann scheint von diesem Krotzenbrink Geld zu bekommen, um einen Festwagen bauen zu lassen.«

»Richtig«, bestätigte Marius. »Das erklärt auch, warum du in Sumpflitz nichts entdeckt hast.«

»Aber wieso macht dieser Krotzenbrink das?«, wunderte sich Meggy. »Die Sache stinkt zum Himmel.«

Meggy musste sofort den anderen Halunken und auch Oma Hertha von den Gesprächen erzählen. Sie verabschiedete sich von Marius, der versprach, sich sofort zu melden, falls er wieder ein Signal vom Flower-Power-Fon bekommen würde.

Operation »Party-Karosse« Phase 4:

- Unser Festwagen ist fertig und sieht ZICKE-ZACKE-ZUCKERWATTE-GENIAL aus!!!
- Das Flower-Power-Fon hat erste Informationen gebracht:
  - Roland Miesmann hat Dümpelwaldes Festwagen gesehen
  - Die Sumpflitzer bekommen von Krotzenbrink & Söhne Geld
  - Irgendjemand wird für den Bau des Sumpflitzer Festwagens bezahlt!

Was zu tun ist:

- Weitere Überwachung mit dem Flower-Power-Fon
- So schnell wie möglich den anderen Halunken Bescheid sagen!

Beim Mittagessen bekam Meggy kaum einen Bissen herunter. Und das, obwohl das Essen wirklich köstlich war. Ihr Kopf war aber voller Gedanken und das schlug ihr auf den Appetit. Sie konnte beim besten Willen nicht verstehen, warum *Krotzenbrink & Söhne* den Festwagen von Sumpflitz finanzierte. Immerhin hatte die Firma ja ein Preisgeld für den schönsten Wagen auf der 700-Jahr-Feier von Bröckelbach versprochen. Krotzenbrink wollte anscheinend unbedingt, dass Sumpflitz diesen Wettbewerb gewann. Den Grund dafür würde Meggy noch herausfinden.

»Was ist los mit dir?«, fragte Schorsch seine Schwester und schob sich noch ein Stück Braten auf den Teller. »Du heckst doch wieder irgendwas aus, oder?«

»Es gibt Neuigkeiten aus Sumpflitz«, flüsterte Meggy. »Erkläre ich dir nach dem Essen.«

Schorsch war nun so neugierig, dass er seinen Teller in Rekordzeit leer fegte und sogar auf den Nachtisch verzichtete.

Meggy trommelte die anderen Halunken zusammen und eine halbe Stunde später saßen alle im Hauptquartier und staunten Bauklötze, nachdem sie von Roland Miesmanns Telefonaten erfahren hatten.

»Das verstößt eindeutig gegen die Regeln des Wettbewerbs!«, sagte Oma Hertha. Als offiziell Verantwortliche hatte sie die Teilnahmebedingungen gründlich studiert. Sie zog die Mappe mit den Unterlagen aus ihrer Handtasche und las Punkt 4 der Bedingungen vor: »Der Festwagen muss von den Dorfbewohnern gebaut und geschmückt werden. Fremdhilfe ist nicht gestattet.«

»Nur leider haben wir keine Beweise dafür, dass der Festwagen nicht in Sumpflitz gebaut wird. Vielleicht erhalten ja ein paar Dorfbewohner das Geld für den Bau des Wagens«, gab Meggy zu bedenken.

»Stimmt auch wieder.« Oma Hertha kratzte sich am Kopf. »Die Frage ist nur, was *Krotzenbrink & Söhne* damit zu tun hat und wieso sich Kunigunde so eigenartig verhält.«

»Vielleicht bekommen wir durch das Flower-Power-Fon noch etwas heraus«, sagte Schorsch.

Meggy nickte. Die geniale Erfindung von Marius und Kalle war eine riesige Hilfe und Roland Miesmann war ihnen direkt in die Falle getappt. Doch plötzlich durchzuckte es Meggy unangenehm.

»Mist«, sagte sie aufgeregt und die anderen sahen sie überrascht an. »Wenn Roland Miesmann unseren tollen

Festwagen gesehen hat, weiß nun sicherlich auch Siggi Bescheid.«

Ihr Blick wurde ernst. »Wir dürfen unseren Wagen bis Sonntag keine Sekunde mehr aus den Augen lassen!«

Die Halunken machten sich sofort auf den Weg zum Hof von Bauer Kunze. Sie wollten vor Ort überlegen, wie sie die Überwachung des Festwagens organisieren sollten.

Sobald sie das Grundstück erreichten, kam ihnen auch schon Frau Kunze entgegen.

»Gut, dass ich euch sehe«, sagte sie und wirkte etwas verwirrt. »Gerade kamen nämlich zwei fremde Jungs aus

der Scheune gerannt.« Sie zeigte auf das Gebäude, in der Bauer Kunze den Festwagen untergestellt hatte.

»Zuerst dachte ich, dass das jemand von euch war«, fuhr sie fort. »Aber als sie direkt an mir vorbeiliefen, habe ich ihre verdreckten Gesichter gesehen. Keine Ahnung, wer das war.«

»Die Miesmann-Zwillinge«, sagten die Heuhaufen-Halunken im Chor und eilten sofort in die Scheune.

»So wie es aussieht, haben sie den Wagen zum Glück nicht angerührt«, stellte Meggy fest, nachdem die Kinder den Festwagen gründlich untersucht hatten.

»Sie waren vermutlich nur neugierig«, sagte Schorsch.

»Wollen wir es hoffen.« Meggy traute der Sache irgendwie nicht. »Die Scheune darf auf jeden Fall nicht mehr einfach so offen stehen. Wir müssen davon ausgehen, dass Siggi und Robby wiederkommen.«

Als Bauer Kunze kurz darauf auf dem Hof erschien und von dem ungebetenen Besuch erfuhr, versprach er, sich darum zu kümmern, dass niemand Unbefugtes mehr Zutritt zu dem Festwagen bekommen würde. Er wollte diverse Schlösser anbringen und zudem seinen Hofhund vor der Scheune anbinden. Seine Frau bot ebenfalls ihre Hilfe an.

Vom Küchenfenster aus hatte sie alles im Blick und wollte von nun an noch aufmerksamer sein.

»Der Hof wird so sicher sein wie der Tower von England«, versicherte Bauer Kunze und sah dabei sehr entschlossen aus.

»Danke«, erwiderte Meggy und hoffte, dass Bauer Kunze recht behalten würde. Gleichzeitig wusste sie jedoch nur allzu gut, dass man Siggi Miesmann niemals unterschätzen durfte.

Am späten Nachmittag setzte sich Meggy unter einen der Apfelbäume im Garten, um in Ruhe nachzudenken. Die Luft war angenehm warm, doch Meggy glaubte schon einen Hauch von Herbst riechen zu können. Sehr bald würden sich die Blätter an den Bäumen bunt färben und der Sommer würde sich für eine ganze Weile verabschieden. Obwohl Meggy eigentlich jede Jahreszeit mochte, machte sie der Gedanke daran etwas traurig. Sie hatte tolle Sommerferien gehabt und erinnerte sich gerne an einen Abend in Berlin, an dem sie mit ihren Freunden im Garten der Villa von Marius' Eltern saß. Nach dem Arbeitseinsatz am Morgen hatten sie den ganzen Nachmittag am Pool verbracht. Die Haushälterin Henriette hatte sie mit kalten

Getränken versorgt und Marius' Vater hatte später noch den Grill angeschmissen. Der Himmel war wolkenlos gewesen und in der Ferne hatte man den Klang der Großstadt hören können. Alle waren so glücklich gewesen. Und als Meggy auf ihrem Liegestuhl gesessen und ihre lachenden Freunde beobachtet hatte, hatte sie sich gewünscht, dass dieser perfekte Abend niemals enden würde. Doch das schien nun schon eine Ewigkeit her zu sein. Und anstatt die Tage am Pool zu verbringen, musste sie sich mit den Miesmann-Zwillingen rumärgern. Würde das denn niemals ein Ende haben? Meggy seufzte.

Genau in diesem Moment plumpste ein Apfel direkt neben ihr ins Gras.

Sie schnappte ihn sich und biss kräftig hinein. »Ich habe hier zwar keine Henriette, die mich bedient, aber dieser Service ist auch nicht schlecht«, schmatzte sie lachend und blickte dankbar nach oben in den Apfelbaum.

Kapitel 12

Steckt ein Plan tief in der Matsche, helfen Freunde aus der Patsche

Das Flower-Power-Fon brachte keine neuen Informationen. Die Halunken konnten damit nur einen Teil von Roland Miesmanns Wohnung überwachen. Was er außerhalb dieser vier Wände besprach, blieb im Verborgenen. Zwar hatten die Freunde damit wichtige Informationen erhalten, aber außer verzweifelt darüber nachzudenken, warum *Krotzenbrink & Söhne* mit den Sumplitzern gemeinsame Sache machte und was Kunigunde damit zu tun hatte, konnten sie erst mal nichts ausrichten.

Alle Hoffnungen lagen daher auf Marius und Alfons, die am Freitag endlich aus Berlin anreisten und von Meggy,

Schorsch, Knolle und Lotte überschwänglich begrüßt wurden.

Marius' Vater war ebenfalls mitgekommen und fuhr mit seinem schwarzen Geländewagen weiter zum Haus von Oma Hertha, um dort das Gepäck abzuladen. Die drei würden übers Wochenende dort wohnen. Am Sonntag würden sogar Alfons' Eltern aus Berlin kommen. Auch sie wollten sich den Festumzug nicht entgehen lassen.

Meggy war überglücklich, dass die Halunken endlich wieder komplett waren. Die Operation »Party-Karosse« steckte gerade irgendwie fest und sie brauchten dringend einen Plan, wie sie die Machenschaften der Miesmänner stoppen konnten. Die Bande zog sich daher sofort in ihr Quartier zurück, und nachdem sich alle mit frischem Apfelsaft aus dem Kühlschrank versorgt hatten, brachte Meggy die beiden Berliner Jungs auf den aktuellen Stand der Dinge. Marius fand es zunächst sehr eigenartig, dass seine Oma ebenfalls bei der Besprechung dabei war, aber Meggy hatte ihn ja bereits vorgewarnt.

Sie erzählte von dem wunderschönen Festwagen und davon, dass Siggi und Robby Miesmann einfach so auf den

Hof von Bauer Kunze spaziert waren. Sie erklärte weiter, dass sie sich immer noch keinen Reim darauf machen konnten, warum die Sumpflitzer ihren Umzugswagen finanziert bekamen.

»Das ergibt wirklich keinen Sinn«, wiederholte Alfons. »Warum veranstaltet *Krotzenbrink & Söhne* einen Wettbewerb und zahlt dann einem der Teilnehmer Geld, damit dieser gewinnt? Und warum ausgerechnet Sumpflitz?«

»Die wollen vermutlich irgendetwas vertuschen«, antwortete Marius. »Geldwäsche, sozusagen. Wenn Sumpflitz gewinnt, erhält Roland Miesmann das Preisgeld. Fragt sich nur, was Krotzenbrink als Gegenleistung erhält.«

Meggys Augen verengten sich und sie hatte das Gefühl, dass die Anwesenheit von Alfons und Marius ihrem Gehirn einen Energieschub gab. Sie konnte einfach am besten arbeiten, wenn die Bande komplett war.

»Eigentlich spielt das doch alles keine Rolle«, sagte sie schließlich mit fester Stimme. »Klar ist, dass die Sumpflitzer mit unfairen Mitteln arbeiten, aber was kümmern uns die krummen Geldgeschäfte von Roland Miesmann? Unser Ziel ist es, den Wettbewerb zu gewinnen.«

»Meggy hat recht«, sagte Oma Hertha. »Wir sollten uns aufs Wesentliche konzentrieren.«

»Aber unser Festwagen ist fertig – was sollen wir denn sonst noch machen?«, fragte Schorsch und sah dabei ziemlich ratlos aus.

»Das werde ich dir gleich sagen«, entgegnete Meggy. »Oma Hertha, hast du die Teilnahmebedingungen für den Wettbewerb dabei?«

»Ja, habe ich«, sagte sie und holte ihre Mappe hervor. »Hier sind alle Unterlagen drin, die ich aus Bröckelbach erhalten habe.«

Meggy las sich den Text konzentriert durch. Die anderen waren mucksmäuschenstill und beobachteten, wie Meggys Augen Zeile für Zeile über die Blätter flogen.

»Hier!«, sagte sie plötzlich und die anderen Halunken zuckten erschrocken zusammen. »Das ist unsere Chance!«

Sie räusperte sich und las Punkt 15 der Teilnahmebedingungen vor: »Jeder teilnehmende Festwagen muss bis spätestens 13 Uhr auf dem Hof der Freiwilligen Feuerwehr Bröckelbach eingetroffen sein. Nur so ist ein pünktlicher und reibungsloser Ablauf des Umzugs gewährleistet. Eine Verspätung führt zur sofortigen Disqualifikation.«

Meggys Gangsterblick verwandelte sich in ein schelmisches Grinsen. »Wir sorgen einfach dafür, dass die Sumpflitzer zu spät kommen! Dann bringt ihnen der tollste Wagen nichts!«

In der nächsten halben Stunde brachten alle Halunken Ideen hervor, wie sie für die Verspätung der Sumpflitzer sorgen konnten. Knolle schlug vor, den Trick mit dem selbst gebastelten Umleitungsschild zu wiederholen. Damit hatten sie gute Erfahrungen gemacht, als sie vor einiger Zeit die Lieferung eines Mähdreschers für Bauer Kunze verzögert hatten. Lotte hingegen meinte, dass man einfach die Luft aus den Reifen des Sumplitzer Festwagens lassen könnte. Marius wies darauf hin, dass er schon mal einen Traktor mit einer Flasche Cola lahmgelegt hatte. Das könnte auch hier wieder klappen. Und Alfons hatte die Idee den Festwagen der Miesmänner mit dicken Ketten und Schlössern zu sichern.

Meggy hörte sich die Vorschläge in Ruhe an. Da sie jedoch immer noch nicht wussten, wo sich der Festwagen der Sumpflitzer befand, war die Idee mit dem Umleitungsschild die einzig brauchbare. Allerdings wollte Meggy sich nicht darauf verlassen, dass wieder jemand auf ein selbst gebasteltes Schild hereinfiel. Außerdem würden dann ja auch die Teilnehmer aus den anderen Dörfern zu spät kommen, und das war nicht Sinn der Sache.

»Nein, das ist es noch nicht. Wir brauchen eine andere Lösung.«

»Wie wäre es, wenn wir alle Uhren in Sumpflitz verstellen würden?«, sagte schließlich Oma Hertha, die sich bisher noch gar nicht geäußert hatte. »Dann kommen sie garantiert zu spät!«

»Die Idee ist genial!«, sagte Meggy begeistert. »Aber ich fürchte, sie ist unmöglich umzusetzen.«

»Hm, vielleicht auch nicht«, überlegte Marius und kratzte sich am Kopf. »Gebt mir fünf Minuten, ich muss kurz mit Kalle telefonieren.« Er zog sein Smartphone aus der Tasche und ging aus der Scheune.

Als er kurz darauf wieder im Quartier der Halunken erschien, grinste er siegessicher: »Drehen wir den Sumpflitzern doch ein bisschen an der Uhr!«

Als Marius den anderen Heuhaufen-Halunken erklärte, wie er und Kalle das Verstellen der Uhren in Sumpflitz anstellen wollten, verstanden sie kein Wort. Er faselte irgendwas von Frequenzen, Stromschwankungen und Störungen von WLAN-Signalen. Kalle würde bei der Sache von Berlin aus eingreifen und er kannte jemanden, der jemanden kannte, der ihnen dabei helfen konnte.

Meggy schüttelte nur den Kopf. »Ihr Freaks mit eurem Technikkram! Was würden wir nur ohne euch machen?«

»Vermutlich in Dummheit sterben«, witzelte Marius und gab Meggy einen Klaps auf die Schulter. Dann wurde er ernst. »Der Plan hat jedoch einen kleinen Schwachpunkt. Mechanische Zeigeruhren können wir damit nicht beeinflussen.

Wenn in Sumpflitz also irgendwo alte Kuckucksuhren hängen oder jemand eine alte Taschenuhr trägt, werden wir die nicht verstellen können. Statistisch gesehen dürften das aber nicht viele sein. Dieses Risiko müssen wir eingehen.«

»Kein Plan ist perfekt«, entgegnete Meggy und dachte dabei an all die Halunken-Pläne, die sic in der Vergangenheit geschmiedet hatten. Immer gab es irgendwelche Unsicherheiten. Damit musste man leben und schließlich machte das auch den Reiz aus. Und wenn sie etwas in der Vergangenheit gelernt hatte, dann, dass sie ihren Bandenmitgliedern zu hundert Prozent vertrauen konnte. Wenn Marius der Meinung war, dass sie das Risiko eingehen sollten, dann würde sie das auch tun.

»Bevor wir jedoch an die Arbeit gehen, zeigen wir Alfons und Marius erst mal unseren unglaublich schönen Festwagen!«, sagte Meggy und klatschte vergnügt in die Hände.

Operation »Party-Karosse« Phase 5:

- Unseren Festwagen nicht mehr aus den Augen lassen!
- Die Miesmann-Zwillinge nicht mehr aus den Augen lassen!

Nun folgt die Aktion »Zeitverschiebung«
Die Sumpflitzer müssen zu spät zum Festwagen-Umzug kommen, damit sie disqualifiziert werden!

Was zu tun ist:

- Alle Uhren in Sumpflitz werden verstellt!
  Den technischen Kram erledigen Marius und Kalle (keine Ahnung, wie die beiden Freaks das anstellen wollen …)
- Hoffen, dass alles gut geht!!!

Kapitel 13

Wer hat an der Uhr gedreht?
Ist es wirklich noch nicht so spät?

Am nächsten Tag gab der Spätsommer noch mal alles. Es war kein Wölkchen am Himmel und die Sonne wärmte die Luft angenehm auf. Schöner konnte es in Dümpelwalde nicht sein. Vor allem, weil die Heuhaufen-Halunken vollständig anwesend waren und mitten in einem aufregenden Abenteuer steckten.

Auf den Dorfstraßen gab es nur ein Thema: Den morgigen Festwagenumzug in Bröckelbach. Alle in Dümpelwalde waren sich sicher, dass sie den Wettbewerb mit ihrem unglaublich schönen Umzugswagen gewinnen würden. Dass die Sumpflitzer irgendetwas im Schilde führten, wussten sie natürlich nicht. Das wussten nur die Halunken, und die taten nun alles dafür, dass der Plan von Roland Miesmann nicht aufgehen würde.

Marius saß in der hintersten Ecke des Hauptquartiers und telefonierte schon eine halbe Ewigkeit mit Kalle. Er warf dabei mit Begriffen um sich, die Meggy noch nie in ihrem Leben gehört hatte. Schorsch bearbeitete mit seinen Boxhandschuhen den Boxsack und Alfons saß auf dem Sofa und legte die Beine hoch. Man konnte ihm ansehen, wie glücklich er war, in Dümpelwalde zu sein.

»Gefällt's dir eigentlich immer noch in Berlin oder würdest du lieber wieder in Dümpelwalde wohnen?«, fragte Meggy und setzte sich neben ihn aufs Sofa.

Alfons dachte kurz nach. Er ließ seinen Blick durch die Scheune schweifen, atmete die frische Luft ein und hörte von draußen die typischen Geräusche des Dorfs: Ein Traktor, der in der Ferne brummte, ein Pferd, das wieherte, Vögel, die zwitscherten, und Borsten von Besen, die am Samstagmorgen über den Gehsteig fegten.

»Weißt du«, sagte er mit ruhiger Stimme. »Dümpelwalde ist schon irgendwie toll. Vor allem, weil ihr hier seid.« Er machte eine kurze Pause und lächelte.

»Aber Berlin ist auch schön. Ich habe dort neue Freunde

gefunden, komme in der Schule ganz gut klar und kann dort Breakdance machen. Außerdem sind meine Eltern so glücklich wie nie zuvor. Solange es die Heuhaufen-Halunken gibt und wir uns immer wieder hier in Dümpelwalde treffen, ist eigentlich alles gut, so wie es ist.«

»Das ist schön«, sagte Meggy. Und obwohl sie sich nichts sehnlicher wünschte, als dass Alfons und Marius immer in Dümpelwalde blieben, meinte sie das ernst. Und sie war sich sicher, dass, egal wohin es sie alle irgendwann einmal verschlagen würde, sie immer die Heuhaufen-Halunken bleiben würden. Immer!

»So, Leute!«, unterbrach Marius die beiden. »Die Sache ist geritzt. Alle Uhren in Sumpflitz werden heute Nacht um eine Stunde zurückgestellt.«

»Das ist gemein!«, sagte Knolle empört. »Dann können die ja eine Stunde länger schlafen als wir!«

»Das sollen sie ja auch!«, lachte Meggy und klopfte Marius anerkennend auf die Schulter. »Wenn der Plan funktioniert, müssen wir Kalle wohl auf jeden Fall als Ehrenmitglied bei den Heuhaufen-Halunken aufnehmen.«

»Klasse! Und da wir jetzt ohnehin nichts weiter machen können, lasst uns doch eine Runde Halunken-Bolzen spielen!«, schlug Schorsch vor und gab seinem Boxsack einen letzten Hieb.

Die anderen stimmten ihm begeistert zu, und gerade als sie mit einem Ball unter dem Arm aus der Scheune rennen wollten, piepte Marius' Smartphone.

»Wartet mal!«, rief er und machte dabei ein ernstes Gesicht. »Das Flower-Power-Fon hat sich gemeldet!«

Sofort versammelten sich die Halunken wieder im Quartier und saßen mucksmäuschenstill und gespannt um Marius herum, der nun die Aufzeichnungen des Überwachungs-Blumentopfs abspielte.

»Kunigunde? Roland hier. Es läuft alles nach Plan. Den Wettbewerb haben wir so gut wie gewonnen. Die Werkstatt hat wirklich ganze Arbeit geleistet. So einen Festwagen hat die Welt noch nicht gesehen. Wir haben das Preisgeld also so gut wie in der Tasche. Jetzt musst du nur noch die Papiere für den Verkauf deines Grundstücks fertig machen. Krotzenbrink will dort so schnell wie möglich mit dem Bau der Lagerhalle beginnen.«

»Das … das ist ja der Hammer«, sagte Meggy, als Marius das Smartphone ausschaltete. »So läuft die Sache also. Das müssen wir sofort Oma Hertha sagen!«

Keine fünf Minuten später saßen die Heuhaufen-Halunken in Oma Herthas Wohnzimmer und spielten ihr das Telefonat von Roland Miesmann vor.

»Kunigunde steckt da also tatsächlich mit drin!«, sagte Oma Hertha empört. »Hab ich mir doch gleich gedacht!« Sie schien richtig sauer zu sein. So hatten die Heuhaufen-Halunken sie noch nie erlebt.

»Es ist genauso wie früher – diese Sumpflitzer Dumpfbacken und ihre fiesen Tricks … aus diesem Dorf kommt einfach nichts Gutes. Das war schon immer so und wird wohl auch immer so bleiben!«

Knurrend lief Oma Hertha im Zimmer auf und ab und dachte nach – mit einem Blick, der die Heuhaufen-Halunken stark an Meggys berüchtigten Gangsterblick erinnerte.

»Leider beweist der Anruf immer noch nicht, dass die Sumpflitzer ihren Festwagen mit fremder Hilfe aus einem anderen Ort gebaut haben«, fuhr sie fort. »Wir haben nichts in der Hand. An der Sache mit dem Grundstück ist aber auf jeden Fall etwas faul!«

»Doch auch das können wir nicht beweisen«, entgegnete Meggy. »Es bleibt also dabei: Die Aktion ›Zeitverschiebung‹ wird durchgezogen, und wenn alles klappt, bekommen *wir* das Preisgeld und nicht die Sumpflitzer. Und dann hat sich auch die Sache mit Kunigundes Grundstück erledigt!«

»Was hat sich erledigt?«, wollte Marius' Vater wissen, der plötzlich in Oma Herthas Wohnzimmer stand.

»Das wirst du noch früh genug erfahren, mein Sohn!«, sagte Oma Hertha. »Alles zu seiner Zeit!«

Sie lächelte und zwinkerte Meggy zu. Oma Hertha war wirklich ein Halunke.

Und so kam es schließlich, dass Marius gemeinsam mit Kalle und irgendeinem Bekannten eines Bekannten auf ominöse und technisch äußerst komplizierte Weise in ganz Sumpflitz für Stromschwankungen, Frequenzbehinderungen und WLAN-Störungen sorgte.

Als die Sumpflitzer am Morgen erwachten, ahnten sie nicht, dass sie sich mittlerweile in der gleichen Zeitzone befanden wie London. Als Roland Miesmann beim Frühstücken auf seine unfassbar teure Smartwatch schaute, zeigte ihm diese nämlich Punkt 8 Uhr an, obwohl es in Dümpelwalde, Gähndorf und vor allem Bröckelbach bereits 9 Uhr war. Kunigunde zog zur gleichen Zeit ihre uralte Taschenuhr aus der Kittelschürze.

Kapitel 14

Nicht alles was schön blitzt und blinkt, dir Ruhm, Erfolg und Freude bringt

»Jetzt aber los!«, sagte Meggy, nachdem sie zum bestimmt hundertsten Mal an diesem Tag auf die Küchenuhr geschaut hatte. Den ganzen Vormittag hatte sie gemeinsam mit ihrer Mutter und Schorsch Äpfel kandiert, die sie später an die Besucher der 700-Jahr-Feier verteilen würden. Bei jedem Blick auf die Uhr war sie aufgeregter geworden.

Nun war es kurz nach 12 am Mittag und schon sehr bald würden die Heuhaufen-Halunken erfahren, ob die Operation »Party-Karosse« erfolgreich abgeschlossen werden konnte.

Wenn alles nach Plan lief, würde Bauer Kunze bereits mit dem Dümpelwalder Festwagen auf dem Weg nach

Bröckelbach sein. Mit seinem Traktor und dem schweren Anhänger brauchte er deutlich länger als Meggys Eltern mit dem Auto. Um 12.30 Uhr wollten sich die Halunken auf dem Hof der Freiwilligen Feuerwehr in Bröckelbach treffen und die Aufregung war kaum noch auszuhalten.

»Hoffentlich haben die Sumpflitzer noch nicht bemerkt, dass ihre Uhren falsch gehen«, sagte Schorsch, der gemeinsam mit Meggy und Lotte auf der Rückbank des Autos ihrer Eltern saß.

»Ganz bestimmt nicht!«, sagte Meggy. Im Moment blieb ihr nichts anders übrig, als ganz fest daran zu glauben, dass Marius und Kalle ihre Arbeit gut gemacht hatten. Außerdem waren die Sumpflitzer bekanntermaßen nicht die hellsten Kerzen auf der Geburtstagstorte. Die hätten vermutlich nicht einmal bemerkt, wenn man ihnen die Zeit um ein ganzes Jahrhundert zurückgedreht hätte. Und Marius hatte Meggy morgens am Telefon versichert, dass die Aktion »Zeitverschiebung« nach Plan verlaufen war. Allerdings gab es ja noch ein gewisses Restrisiko.

Als der Wagen von Meggys Eltern die Freiwillige Feuerwehr Bröckelbach erreichte, stand der Festwagen von Dümpelwalde bereits in voller Pracht auf dem Hof. Alfons, Marius und Oma Hertha rollten kurz darauf in dem schwarzen Geländewagen von Marius' Vater ein. Oma Hertha ging sofort zum Organisations-Team des Festumzugs und meldete Dümpelwaldes Festwagen fristgerecht an. Die erste Hürde war schon mal genommen. Kurz darauf kam auch Knolle mit seinen Eltern in Bröckelbach an.

»Gleich gibt's Zuckerwatte und kandierte Äpfel«, freute er sich und rieb sich den Bauch.

Ein lautes Tuckern zog plötzlich die Aufmerksamkeit aller Anwesenden auf sich. Der Festwagen aus Gähndorf erreichte den Hof der Feuerwehr und die Halunken waren erleichtert. Dieser Umzugswagen sah nicht mal halb so toll aus wie der von Dümpelwalde. Ein alter, angerosteter Trecker zog einen minikleinen Anhänger hinter sich her, auf dem eine hässliche Vogelscheuche angebracht war, die einen Pyjama trug. In der Hand hielt sie ein Schild auf dem in unordentlicher Schrift stand: »Gähndorf – alles andere als verschlafen«.

»Na, da habt ihr euch ja ein tolles Motto ausgedacht!«, sagte Meggy zu einem strubbeligen Jungen, der vom Beifahrersitz des rostigen Traktors sprang.

»Na, auf jeden Fall besser als eures!«, sagte er und fing

schallend an zu lachen. Die anderen Gähndorfer, die mittlerweile auch eingetroffen waren, fingen ebenfalls an zu kichern.

Meggy sah sie entgeistert an, und gerade als sie der lachenden Horde ein paar schimpfende Worte zurufen wollte, tippte Marius ihr heftig auf die Schulter. Dann zeigte er schweigend und mit blassem Gesicht auf den Pappmaschee-Apfel, der auf Bauer Kunzes Traktor angebracht war. Dort stand nun klar und deutlich lesbar: »Dümpelwalde – das blödeste Dorf im ganzen Land!«

Als Meggys Mutter den verhunzten Apfel sah, wäre sie fast in Ohnmacht gefallen.

»W-w-wer hat das gemacht?«, winselte sie.

Es war klar erkennbar, dass jemand das Wort »süßeste« grob überpinselt und dann in hässlichen Buchstaben »blödeste« hinzugefügt hatte. In all der Aufregung war das bisher nur noch niemandem aufgefallen. Meggy und die anderen Halunken wussten sofort, dass die Miesmann-Zwillinge dahintersteckten.

»Diese miesen Schurken müssen sich irgendwie Zugang zur Scheune verschafft haben«, knurrte Meggy. Es hatte sie ohnehin gewundert, dass sich die Miesmann-Zwillinge in den letzten Tagen so ruhig verhalten hatte. Die Halunken hatten diese Burschen mal wieder unterschätzt.

Als sich Meggys Mutter einigermaßen beruhigt hatte, überlegte sie, was nun zu tun war.

»Ich muss das sofort wieder ändern!«, rief sie und kletterte auf den Traktor, um zu sehen, ob noch etwas zu retten war.

»Halt, halt, das geht nicht!«, rief plötzlich ein Mitarbeiter des Organisations-Teams. »Der Festwagen wurde so angemeldet und darf nun nicht mehr verändert werden.«

»Er hat leider recht!«, seufzte Oma Hertha, die sofort einen Blick in die Teilnahmebedingungen geworfen hatte. Punkt 16 besagte, dass eine nachträgliche Veränderung des Wagens zur sofortigen Disqualifikation führen würde.

»Aber irgendjemand hat uns hier einen Streich gespielt«, beschwerte sich Meggys Mutter. »Wir haben diesen Quatsch da nicht selbst auf den Apfel gepinselt!«

»Tut mir leid – Regeln sind Regeln«, sagte der Mitarbeiter und kümmerte sich nun um den Festwagen von Miefingen, der gerade auf den Hof gerollt kam und noch schäbiger aussah als der aus Gähndorf.

»Diese Miesmänner können was erleben!«, fauchte Meggy, und ihr Blick verriet, dass sie stinksauer war.

»Vielleicht gewinnen wir ja trotzdem«, sagte Oma Hertha und versuchte die angespannte Stimmung aufzulockern. Die Konkurrenz ist wirklich nicht besonders stark. Und wenn wir ordentlich Zuckerwatte und kandierte Äpfel verteilen, fällt unser verpfuschtes Motto vielleicht gar nicht so ins Gewicht.«

Ein fürchterliches Knattern schallte plötzlich über den Hof. Es war Kunigunde, die von einem verbeulten Mofa stieg, das noch älter sein musste als sie selbst.

Sie schwitzte und machte einen ziemlich verwirrten Eindruck, zog ihre Taschenuhr hervor und eilte zu einem Mitarbeiter des Organisations-Teams.

»Hier!«, keuchte sie und hielt dem Mitarbeiter die Uhr direkt vor die Nase. »12.55 Uhr!« Dann kramte sie ein paar Unterlagen hervor und fügte hinzu: »Ich melde den Sumpflitzer Festwagen pünktlich an!«

Der Mitarbeiter blickte sie unbeeindruckt an. »Ich sehe aber keinen Sumpflitzer Festwagen.«

»Der kommt gleich«, japste Kunigunde. »Wir hatten … äh … ein kleines Zeitproblem.«

»Wenn er nicht bis Punkt 13 Uhr hier auf dem Hof steht, kann er nicht teilnehmen!«, sagte der Mitarbeiter streng.

»Das stimmt!«, sagte Oma Hertha und wedelte grinsend mit den Teilnahmebedingungen.

Kunigunde wurde rot vor Wut und baute sich vor Oma Hertha auf. »Da steckt doch bestimmt ihr dahinter!«, schimpfte sie und dabei wäre ihr beinahe das Gebiss herausgefallen. »Euch Dümpelwaldern konnte man noch nie trauen!«

»Ihr Sumpflitzer seid doch noch viel schlimmer!«, brüllte nun Oma Hertha und zeigte auf den Apfel auf Bauer Kunzes Traktor. »Mies, mieser, Miesmann – das alte Sprichwort scheint immer noch zuzutreffen!«

»Ich habe keine Ahnung, wovon du redest«, entgegnete Kunigunde wütend, und man hatte den Eindruck, dass die beiden jeden Moment aufeinander losgehen würden.

»Alter Schwede!«, rief Bauer Kunze plötzlich. Mit offenem Mund zeigte er auf die Hofeinfahrt der Freiwilligen Feuerwehr, durch die sich gerade ein mächtiger goldlackierter Traktor schob.

Im Schlepptau hatte er einen riesigen Anhänger, auf dem es so blinkte und glitzerte, dass man die Augen zukneifen musste. Der Anhänger war ebenfalls goldlackiert und hatte einen verspiegelten Boden, auf dem seitlich gigantische Lautsprecherboxen standen. Bunte Lichtröhren umrahmten den Boden, der wohl eine Tanzfläche darstellte sollte. An einem kranartigen Arm baumelte eine mannshohe Diskokugel, die den Hof in ein funkelndes Licht tauchte. Aus den Lautsprechern wummerte ein Bass, der den Boden zum Beben brachte, und die laute Musik ließ einen das eigene Wort nicht mehr verstehen. »Sumpflitz groovt« prangte in leuchtenden Buchstaben an der Seite des Anhängers. Dieser Festwagen stellte selbst den aus Dümpelwalde deutlich in den Schatten. Die Anwesenden auf dem Hof der Feuerwehr kamen aus dem Staunen gar nicht mehr heraus.

Mit einem lauten Schnauben kam der Wagen zum Stehen und kurz darauf verstummte die Musik.

Roland Miesmann stieg bekleidet mit einem Glitzeranzug und einer übergroßen Sonnenbrille aus der Fahrerkabine. Seine wenigen Haare hatte er sich kunstvoll zu einer Tolle gegelt.

»Ich weiß, wir sind etwas zu früh«, sagte er, nachdem ihm seine Smartwatch 12.05 Uhr anzeigte. »Aber wie heißt es so schön – der frühe Vogel hat den Groove!«

»Tja – und der späte Vogel wird disqualifiziert«, meinte ein Organisations-Mitarbeiter trocken und blickte auf seine Uhr, die fünf nach eins anzeigte.

Nach einer nun folgenden hitzigen und schier endlosen Diskussion musste sich Roland Miesmann schließlich geschlagen geben. Der Festwagen aus Sumpflitz wurde aufgrund der Verspätung disqualifiziert. Der Sumpflitzer Ortsvorsteher verstand die Welt nicht mehr. Wie konnte seine brandneue Smartwatch ihn nur so im Stich lassen? Und wieso hatten auch die Uhren seiner Frau, die seiner Söhne und eigentlich die Uhren aller anderen Sumpflitzer die falsche Zeit angezeigt?

»Ich hab's dir doch gleich gesagt«, mischte sich nun

Kunigunde ein und zeigte auf ihre Taschenuhr. »Aber du wolltest mir ja nicht glauben.«

»Ach, lass mich doch in Ruhe mit deiner uralten Ticktack. Die hilft uns jetzt auch nicht weiter.« Wütend trat er gegen den Reifen des riesigen Traktors und hielt sich danach wimmernd den Fuß.

Meggy sah ihre Heuhaufen-Halunken grinsend an. Die Aktion »Zeitverschiebung« war ein voller Erfolg. Und auch wenn der Schriftzug auf dem Pappmaschee-Apfel verhunzt war, schienen die Chancen, den Wettbewerb zu gewinnen, äußerst gut. Die Konkurrenz aus Gähndorf und Miefingen war ja geradezu lachhaft.

Doch obwohl Meggy mit dem Verlauf der Dinge hätte zufrieden sein können, hatte sie ein eigenartiges Gefühl im Bauch.

»Habt ihr eigentlich schon Siggi Miesmann gesehen«, fragte sie die anderen Halunken, doch die schüttelten nur die Köpfe.

»Eigenartig«, sagte Meggy und blickte sich suchend um. »Sehr eigenartig.«

Kapitel 15

Geht ein Plan so richtig schief,
folgt alsbald ein Stimmungstief

Ein paar Minuten später setzte sich der Festzug durch Bröckelbach in Bewegung. Vorneweg fuhr der Wagen aus Gähndorf, dann folgte der aus Dümpelwalde und zu guter Letzt der aus Miefingen. Den Abschluss bildete der Spielmannszug aus Bröckelbach, der so schief und krumm spielte, dass Meggy davon Gänsehaut bekam.

Gemeinsam mit Oma Hertha und Meggys Mutter standen die Heuhaufen-Halunken auf dem Festwagen von Dümpelwalde und winkten den am Straßenrand stehenden Zuschauern freundlich zu. Die winkten jedoch nicht zurück, sondern fingen laut zu lachen und zu grölen an, sobald sie den Schriftzug auf dem Pappmaschee-Apfel lasen.

»Wie peinlich«, stammelte Meggys Mutter, die immer noch etwas unter Schock stand. Sie wäre am liebsten im Boden versunken.

»Los, lasst uns endlich die Zuckerwattemaschine anwerfen. Damit lenken wir die Leute ab«, sagte Knolle, dem bereits das Wasser im Mund zusammenlief.

Meggys Mutter schaltete die Maschine ein und wollte gerade eine Ladung Zucker in die silberne Schüssel kippen, als es plötzlich ganz eigenartig zu riechen begann.

»Ich war es nicht!«, sagte Knolle schnell und wedelte sich frische Luft zu.

Der Geruch wurde immer heftiger und er kam eindeutig aus der alten Zuckerwattemaschine. Die fing nun zu allem Übel auch noch gefährlich an zu zischen und aus dem Kabel, das die Maschine mit Strom versorgte, sprühten Funken.

»Los, schnell runter hier!«, rief Meggy. Zum Glück fuhr der Festwagen nur im Schritttempo und so konnten die Halunken den Wagen problemlos verlassen und sich in Sicherheit bringen. Meggys Mutter half Oma Hertha herunter und Meggy brüllte in Bauer Kunzes Fahrerkabine, dass er den Dieselgenerator ausschalten sollte. Doch es war bereits zu spät. Die Funken setzten die Stoffbahnen an den

Seiten des Anhängers in Nullkommanichts in Brand und die Besucher am Straßenrand schrien erschrocken auf. Innerhalb weniger Augenblicke stand der schöne Dümpelwalder Festwagen in Flammen.

Geistesgegenwärtig hatte Bauer Kunze den Anhänger in Windeseile vom Traktor entkoppelt und die Wagen aus Miefingen und Gähndorf hatten sich ebenfalls in Sicherheit gebracht. Auch befand sich der Festzug noch am Ortsrand von Bröckelbach und so bestand keine Gefahr, dass das Feuer auf Häuser oder Bäume übergreifen konnte.

»Jemand muss die Feuerwehr holen«, hörte man jemanden aus der Besuchermenge brüllen.

»Ist schon unterwegs!«, rief plötzlich ein Mann, in dessen Anzug sich die Flammen spiegelten. Es war Roland Miesmann, der mit einem Feuerlöscher unterm Arm angerannt kam und direkt mit dem Löschen begann.

Wenige Augenblicke später rauschten zwei Löschfahrzeuge der Bröckelbacher Feuerwehr mit schrillem Martinshorn heran. Am Steuer saßen jedoch keine Bröckelbacher, sondern ein paar Männer aus Sumpflitz, die sich den Festumzug angeschaut hatten. Da die Mitglieder der Freiwilligen Feuerwehr Bröckelbach am Abend vorher im Festzelt

zu heftig ihren Durst gelöscht hatten, war keiner von ihnen in der Lage gewesen, ein Fahrzeug zu steuern. Und so waren eben die Männer aus Sumpflitz kurzfristig eingesprungen.

Innerhalb weniger Minuten war der Brand gelöscht und die Sache war halbwegs glimpflich verlaufen. Keine Verletzten und keine sonstigen Schäden. Der einst so wunderschöne Festwagen von Dümpelwalde jedoch war nur noch stinkender Schutt und graue Asche.

Meggy und die anderen Heuhaufen-Halunken saßen in sicherer Entfernung wie ein Häufchen Elend auf einer Wiese. Meggys Mutter, Oma Hertha und auch Bauer Kunze saßen schweigend neben ihnen und waren ebenfalls blass um die Nasen. Kurz darauf eilten auch Meggys Vater, Knolles Eltern und Marius' Vater zu ihnen auf die Wiese und versicherten sich, dass es allen gut ging. Alfons' Eltern waren in der Zwischenzeit ebenfalls eingetroffen und heilfroh, dass ihr Sohn und die anderen Halunken wohlauf waren.

Doch auch wenn keines der Kinder verletzt war – gut ging es ihnen nicht. All die Arbeit der letzten Wochen war umsonst gewesen. Ihr Plan war innerhalb von Sekunden geplatzt und die Rettung der Ehre Dümpelwaldes gleich mit. Zuerst waren sie ausgelacht worden, und nun erinnerte nur noch ein stinkender Haufen Schrott an das süßeste Dorf im ganzen Land.

»Seid ihr o.k.?«, fragte plötzlich eine den Halunken nur allzu gut bekannte Stimme. Hinter ihnen stand niemand Geringeres als Siggi Miesmann. In der Hand hielt er einen Feuerlöscher und sein Gesicht war rußig und verschwitzt. Er trug ebenfalls einen Glitzeranzug und sah darin aus wie eine Fleischwurst, die in Feenstaub gefallen war.

Meggy stand auf und blickte Siggi tief in die Augen. Sie dachte sofort an die Schrift auf dem Pappmaschee-Apfel, aber sie war im Moment zu schwach, um wütend zu werden.

»Sag bloß, du hast geholfen unseren Festwagen zu löschen?«, sagte sie und verzog dabei keine Miene.

»Ja, hab ich. Bin ja schließlich bei der Jugendfeuerwehr«, antwortete er und wischte sich den Schweiß von der Stirn.

Meggy konnte es nicht fassen. Ihr Erzfeind Siggi Miesmann, der immer auf Rache aus war und mit dem sie sich seit sie denken konnte in der Wolle hatte, hatte ihr und ihrem Dorf geholfen! Und anstatt sich wie gewohnt mit ihm zu streiten, plumpste ihr ein leises »Danke« aus dem Mund.

Auch die anderen Halunken konnten sich nur wundern. Wochenlang hatten sie sich Gedanken gemacht, wie sie Siggi und den Sumpflitzern eins auswischen konnten, und dann das. Der Schock nach dem Brand saß noch tief und irgendwie waren die Halunken einfach nur froh, dass ihnen nichts passiert war. Rache, Streit und fiese Pläne waren ihnen allen in dem Moment unwichtig geworden.

»Ich solltet euch nicht bei mir bedanken«, sagte Siggi und sah dabei sehr bedrückt aus. Er kaute nervös auf seiner Unterlippe und Meggy merkte, dass er irgendetwas auf dem Herzen hatte.

»Ich hab eure Zuckerwattemaschine auf dem Gewissen«, murmelte er und seine Stimme klang zittrig. »Ich wollte einfach nur, dass sie nicht mehr funktioniert, damit ihr den Wettbewerb nicht gewinnt. Als klar war, dass unser Festwagen disqualifiziert wurde, habe ich mich an euren Wagen geschlichen und das Stromkabel beschädigt.« Er räusperte sich und war den Tränen nahe. »Dass alles in Flammen aufgeht, wollte ich wirklich nicht!«

Dann ließ er sich auf die Wiese plumpsen und verbarg sein Gesicht in seinen Händen.

»Du hast was?«, brüllte Meggy heiser, doch weiter kam

sie nicht. Sie war zwar stinksauer, aber gleichzeitig viel zu müde, um sich erneut mit Siggi Miesmann anzulegen. Und eigentlich überraschte sie das alles gar nicht. Sie hatte schon vermutet, dass Siggi sie nicht einfach so gewinnen lassen würde. Ihre Gefühle fuhren Achterbahn. Als sie ihn so auf der Wiese kauern sah, glaubte sie ihm sogar, dass er den Brand nicht gewollt hatte. Die Maschine zu beschädigen, war natürlich nicht in Ordnung gewesen, aber Menschen absichtlich in Gefahr bringen zu wollen, das traute sie selbst Siggi Miesmann nicht zu.

Gleichzeitig wusste sie natürlich, dass sich die Halunken ebenfalls nicht fair verhalten hatten.

»Dass eure Uhren alle falsch gingen – das waren wir«, gestand sie schließlich. »Wir wollten, dass ihr zu spät kommt, weil wir Angst hatten, dass euer Festwagen schöner sein würde als unserer und ihr den Wettbewerb gewinnt.«

»Wir hätten ohnehin verloren«, murmelte Siggi. »Wir haben ihn in Miefingen bauen lassen, weil wir es selbst nicht hinbekommen haben. Das wäre früher oder später sowieso aufgeflogen.«

»So etwas Ähnliches haben wir uns schon gedacht«, sagte Meggy und in ihrem Kopf fanden nun einige Gedankenfäden zusammen. »Aber wieso habt ihr dafür Geld von Krotzenbrink bekommen?«

Siggi wischte sich den Rotz von der Nase und zuckte mit den Schultern. »Keine Ahnung, es ging um irgendein Grundstück von Kunigunde, aber ich habe nicht verstanden, was das sollte.«

»Tja, so wie es aussieht, hat dieses Mal wohl keiner von uns gewonnen«, seufzte Meggy und beobachtete, wie die verkohlten Reste des Dümpelwalder Festwagens abtransportiert wurden.

»Ach, ist doch auch egal«, winkte Siggi ab. »Eins musst du mir allerdings noch verraten: Wie habt ihr das mit dem Uhrenverstellen geschafft?«

»Halunken-Geheimnis!«, entgegnete Meggy und lächelte. Es war höchst eigenartig, sich mal nicht mit Siggi Miesmann zu streiten, und sie spürte, dass sich in diesem Moment etwas veränderte, das sie nicht so recht beschreiben konnte.

Als Schorsch, Alfons, Knolle, Lotte und Marius die beiden Bandenchefs ruhig miteinander reden sahen, wussten sie, dass damit der Racheplan beendet war. Alle Anspannung löste sich und es fühlte sich irgendwie gut an, dass nun alles vorbei war. Als Robby Miesmann kurz darauf auftauchte, schien auch er sofort zu verstehen, dass die Streitereien ein Ende hatten. Meggy und Siggi verständigten sich schließlich darauf, sich ab sofort gegenseitig in Ruhe zu lassen.

Keine fünf Meter neben ihnen stand Oma Hertha und hatte alles beobachtet. Ihr wurde warm ums Herz, als sie sah, dass die verfeindeten Banden ihr Kriegsbeil begraben hatten.

»Wir sollten es genauso machen«, sagte plötzlich Kunigunde neben ihr und reichte Oma Hertha die Hand.

»Du hast recht«, sagte Oma Hertha. »Da sind wohl die alten Gäule mit uns durchgegangen. Dabei hatten wir unser Kriegsbeil doch schon vor Jahrzehnten begraben.«

Kunigunde lachte. »Ja, unsere Halunken-Zeiten sind schon eine Weile her. Wir sollten endlich erwachsen werden.«

»Obwohl – ein bisschen Spaß hat die ganze Sache schon gemacht«, sagte Oma Hertha und wurde dann etwas ernster. »Wie wär's, wenn wir uns morgen zum Kaffee treffen und du mir die ganze Geschichte mit Krotzenbrink und deinem Grundstück erzählst?«

»Gerne«, antwortete Kunigunde. »Aber du bringst das Gebäck mit.«

Kapitel 16

Ist die Stimmung mal im Keller, machen Freunde alles heller

Nachdem der Festwagen gelöscht und abtransportiert war und sich die ganze Aufregung der Zuschauer gelegt hatte, beschloss das Organisations-Team schließlich, den Festumzug abzubrechen. Der rostige Traktor aus Gähndorf hatte in der Zwischenzeit nämlich ebenfalls seinen Geist aufgegeben und so wurde kurzerhand Miefingen als einzig übrig gebliebener Teilnehmer zum Sieger des Festumzugs gekrönt. Der hässlichste aller Wagen würde nun also von *Krotzenbrink & Söhne* mit dem saftigen Preisgeld belohnt werden.

Die 700-Jahr-Feier wurde trotz allem noch ein voller Erfolg. Um die Stimmung nach dem Brand etwas zu heben, hatte das Organisations-Team Roland Miesmann gebeten, den Sumpflitzer Festwagen auf den großen Platz vor das Festzelt zu fahren und die Lautsprecher und die Diskokugel anzuschmeißen. Das hatte sich dieser natürlich nicht zweimal sagen lassen. Sein Plan, den Wettbewerb zu gewinnen, war zwar in die Hose gegangen, aber dass der Sumpflitzer Festwagen nun doch noch zur großen Attraktion wurde, gefiel ihm ausgesprochen gut. Daran, dass sein Geschäft mit Krotzenbrink geplatzt war und es vermutlich noch Ärger geben würde, wollte er in diesem Moment nicht denken. Er zog seine Sonnenbrille auf und schmiss sich voller Elan in die tanzende Menge auf der spiegelnden Tanzfläche seines goldenen Festwagens.

Den Heuhaufen-Halunken war jedoch überhaupt nicht mehr zum Feiern zumute. Auch Meggys Mutter und Oma Hertha wollten nur noch schnellstmöglich zurück nach Dümpelwalde.

Den Miesmann-Zwillingen war ebenfalls die Laune vergangen. Vor allem Siggi hatte große Angst, dass er wegen des Brandes noch eine Menge Ärger bekommen würde. Das große Finale der 700-Jahr-Feier Bröckelbachs endete für beide Banden daher in einer einzigen Enttäuschung.

Am späten Nachmittag saßen die Heuhaufen-Halunken wieder in ihrem Bandenquartier.

Meggy klappte ihr Notizbuch auf und überflog ihre letzten Einträge. Sie zog ihren Stift hervor, hatte aber keine Lust, irgendetwas zu notieren. Sie fühlte sich irgendwie leer. Die Operation »Party-Karosse« war eigentlich perfekt geplant gewesen, doch die Sache war schließlich aus dem Ruder gelaufen. Für einen kurzen Moment hatte sie das Gefühl, dass nun alles vorbei war. Würde sie jemals wieder einen Halunkenplan schmieden? War es nun an der Zeit, das ganze Bandengetue aufzugeben?

Sie warf einen Blick in die Runde: Schorsch, Alfons, Knolle, Lotte und Marius schienen das Gleiche zu denken. War das hier vielleicht das letzte Abenteuer der Heuhaufen-Halunken gewesen? In wenigen Stunden würden Alfons und Marius ohnehin wieder nach Berlin aufbrechen. Und von Siggi Miesmann würde auch keine Gefahr mehr ausgehen. Und die Ehre Dümpelwaldes? Die würden sie nach der heutigen Blamage nicht mehr so ohne Weiteres herstellen können. Meggy war kurz davor zu heulen. Sie konnte sich nicht daran erinnern, wann sie sich das letzte Mal so elend gefühlt hatte.

Es war nun ganz still in der Scheune und niemand traute sich etwas zu sagen.

Plötzlich hörte man aus der Ferne ein Stimmengewirr. Es kam immer näher und es wurde immer lauter. Außerdem war das Brummen eines Traktors zu vernehmen und kurz darauf hörte es sich so an, als würden sich auf dem Hof vor dem Bandenquartier eine ganze Menge Menschen befinden.

»Kommt ihr mal nach draußen?« Oma Hertha stand im Scheunentor und lächelte.

Als Meggy und die Halunken langsam auf den Hof traten, wussten sie nicht, wie ihnen geschah.

Das halbe Dorf hatte sich vor der Scheune versammelt. Die meisten hatten irgendwelche Leckereien im Gepäck, ein paar Männer bauten Bierzeltgarnituren auf und Bauer Kunze war mit seinem Traktor gekommen. Auf dem Pappmaschee-Apfel stand nun wieder in schönster Schnörkelschrift »Dümpelwalde – das süßeste Dorf im ganzen Land!«

Selbst der Ortsvorsteher von Dümpelwalde war gekommen. Er bat alle Anwesenden kurz um Ruhe und humpelte auf Krücken zu den Halunken. Er zog einen Zettel hervor und las mit schmerzverzerrtem Gesicht eine Rede vor, die er wenige Minuten zuvor notiert hatte.

Liebe Heuhaufen-Halunken,

ihr habt in den letzten zwei Wochen etwas geschafft, das lange vor euch niemand in Dümpelwalde erreicht hat. Mit eurem unermüdlichen Einsatz und euren kreativen Ideen habt ihr entschieden dazu beigetragen, dass unser Dorf ein wenig näher zusammengerückt ist. Ihr habt uns gezeigt, was alles möglich ist, wenn man als Dorf zusammenhält. Das Ergebnis konnte sich offensichtlich mehr als sehen lassen: Der Festwagen, der uns auf der 700-Jahr-Feier in Bröckelbach repräsentieren sollte, muss phänomenal gewesen sein. Leider habe ich ihn selbst nicht zu Gesicht bekommen, doch jeder Bürger Dümpelwaldes hat mir in den letzten Tagen davon vorgeschwärmt. Dass der Wagen ein so unrühmliches Ende nehmen musste, ist mehr als bedauerlich. Daher möchten wir mit einem kleinen spontanen Fest ein Zeichen des Danks setzen.
Liebe Meggy, liebe Lotte, lieber Schorsch, Alfons, Knolle und Marius – danke für euren Einsatz! Ihr habt uns in Erinnerung gerufen, wofür Dümpelwalde seit Generationen steht: Nämlich für eine Dorfgemeinschaft, die zusammen alles schaffen kann. Und damit habt ihr die Ehre unseres Dorfes mehr als gerettet!

Der Ortsvorsteher stellte seine Krücke beiseite und fing auf einem Bein stehend an zu klatschen. Damit setzte er einen tosenden Applaus der Dorfbewohner in Gang, der sich für die Heuhaufen-Halunken wie ein warmer Sommerregen anfühlte. Nun musste Meggy wirklich anfangen zu weinen – nicht aus Traurigkeit, sondern vor Freude. Und während die Dorfbewohner jubelten und klatschten, lagen sich die Halunken in den Armen und spürten, dass alles gut war. Meggys Zweifel an ihrer Bande wurden vom Beifall der Dorfbewohner vertrieben.

Und während im zehn Kilometer entfernten Bröckelbach bei wummernden Bässen und blinkenden Lichtern gefeiert wurde, begann in Dümpelwalde eine der schönsten Partys der Dorfgeschichte. Bis spät in den Abend saßen alle auf dem Hof vor dem Bandenquartier beisammen und plauderten über alte Zeiten. Dabei stellte sich heraus, dass es schon seit vielen Generationen Kinderbanden in Dümpelwalde gab. Frau Grünow verriet schließlich, dass sogar Bauer Kunze und auch Oma Hertha mal Teil einer solchen Bande waren. Das wunderte Meggy gar nicht, denn Oma Hertha hatte in den letzten Tagen mehr als einmal bewiesen, dass sie eine geborene Halunkin war.

Die Heuhaufen-Halunken führten daher eine lange Tradition fort und Meggy wurde klar, dass sie als Bande eine große Verantwortung hatten. Selbst wenn ein Plan mal nicht funktionierte, durfte das nicht dazu führen, einfach aufzugeben und alles hinzuschmeißen. Zusammenhalt und Freundschaft waren wichtiger als Rachepläne und Siege.

»Wir müssen jetzt leider los!«, sagte Marius, als es bereits dunkel war und die Luft unangenehm abkühlte.

»Ich weiß«, sagte Meggy. »Morgen ist ja wieder Schule.«

»Wir sehen uns aber bestimmt sehr bald wieder«, fügte Alfons hinzu. »Ruf uns einfach an, wenn du uns brauchst. Der nächste Halunken-Plan kommt bestimmt.«

»Klar, mache ich«, sagte Meggy und spürte jetzt schon, dass sie die beiden unglaublich vermissen würde.

Als Meggy am nächsten Morgen vor der Schule die Zeitung aufschlug, blickte ihr wieder Roland Miesmann entgegen. Auf dem Foto trug er seinen Glitzeranzug und die übergroße Sonnenbrille. Die Überschrift des Artikels lautete: »Miesmann schmeißt hin!«

In dem Artikel wurde erklärt, dass Roland Miesmann

aufgrund eines krummen Geschäfts mit *Krotzenbrink & Söhne* seinen Posten als Ortsvorsteher niederlege. Er habe Geld von der Firma bekommen, um den Sumpflitzer Festwagen in Miefingen bauen zu lassen. Im Gegenzug hatte er Krotzenbrink ein Grundstück zum Bau einer neuen Lagerhalle versprochen. Dieses Grundstück lag in einem Naturschutzgebiet, was die Besitzerin – eine alte Dame aus Sumpflitz – jedoch nicht wusste. Er hatte die Dame zum Verkauf gedrängt und hoffte durch die ganze Sache das Preisgeld für den schönsten Festwagen zu kassieren. Außerdem werde vermutet, dass der Sohn Roland Miesmanns für den Brand eines anderen Festwagens verantwortlich war. Die Versicherung werde den Fall noch genauer prüfen.

Auch wenn sie das nie für möglich gehalten hätte, taten Meggy die Miesmänner irgendwie leid.

Sie biss herzhaft in ihr Marmeladenbrot und entdeckte ganz unten auf der Seite einen kurzen Artikel, der sie schmunzeln lies:

In Sumpflitz stand die Zeit still

In der Nacht auf Sonntag hat ein bisher einmaliger Vorfall dafür gesorgt, dass alle digitalen Uhren in Sumpflitz um eine Stunde verstellt wurden. Der Leiter des Elektrizitätswerks in Groß-Maulingen vermutet, das Stromschwankungen, die unter Umständen mit einem Herbststurm zusammenhingen, eine Reihe von unglücklichen Zufällen in Gang gesetzt hatten, die man nicht genauer erklären und wohl im Nachhinein auch nicht zurückverfolgen könne. Er empfiehlt daher allen Bürgern alte mechanische Uhren für alle Fälle aufzubewahren, da diese nicht von Vorfällen dieser Art betroffen sein würden.

Meggy legte die Zeitung beiseite und war unglaublich stolz auf ihre Bande. Und auch wenn sie wusste, dass Siggi und seine Jungs in Zukunft keine Gefahr mehr darstellten und die Ehre Dümpelwaldes schließlich doch noch gerettet war, spürte sie, dass eines Tages das nächste Abenteuer auf sie und ihre Freunde warten würde. Denn schließlich waren sie die Heuhaufen-Halunken!

Sven Gerhardt, 1977 in Marburg geboren, wäre selbst gerne ein Halunke geworden, hat sich dann aber doch dazu entschlossen, seinen Lebensunterhalt mit ehrlicher Arbeit zu verdienen. Nach einigen Jahren in der Werbebranche arbeitet er heute als Grafiker und Autor. Ein schön gestaltetes Kinderbuch mit lustigen Illustrationen und einer tollen Geschichte ist für ihn das Größte. Seine Frau und seine drei Kinder – die übrigens nicht die geringste Ähnlichkeit mit den Heuhaufen-Halunken haben – sehen das ebenso.

Vera Schmidt studierte Kommunikationsdesign in Augsburg und arbeitete anschließend in einer großen Werbeagentur in Frankfurt a. M. Dann folgte sie ihrem Herzen und machte sich 2004 als Illustratorin selbstständig. Sie liebt es, Ideen und Geschichten in Bilder zu verwandeln, Charaktere und neue Welten zu erschaffen und erfreut sich an wunderschönen, schrägen kleinen Dingen und Situationen. Ihre Illustrationen wurden in Kinderbüchern, Schulbüchern, Kalendern, auf Webseiten und vielem mehr veröffentlicht.